文藝精神

當代的敬啟者：

在當代許多困難的問題與爭辯中，會不會我們尋找答案與方向的時候，有一種精神其實是重要且基本的，就是文藝精神。文藝精神既追求尖銳的質疑，也使僵持不下的對立者，他們的內心都能得到涵養，不會有任何一個人在衝突中失去了人的資格。文藝精神是人類天賦的極致表現，也是重要價值的來源。

春山文藝將不定期推出跨領域的企畫，結合人文思想、社會分析與文學藝術，以文藝精神剖析當代重要問題。在此期盼，具有文藝精神的個人，在處處烽火的當代世界中，成為意見分歧的群體最堅實的基礎。

目次

C O N T E N T

春山編輯室

世界包括我，而我瞭解這些。

——巴斯卡

聽見人的存在

歷史在耳邊的呼嘯聲從沒停過，只是你何時聽見。歷史似乎是大於人的存在，社會學家布迪厄與歷史學家東尼．賈德都提過人是歷史的產物。但人同時不斷在建構對歷史的看法，這些都形成或反映了許多衝突的根源。光是主張歷史究竟為何，本身就紛爭不休。因此存在我們的時間意識當中，無形無狀的往昔，特別是個人生命無法親歷的歷史，更像是幻覺的建構與鬥爭。它們經常是向未來開放的，不是為了過去，是為了標誌座標之用。歷史做為一門學科的戰爭，在王汎森〈現在什麼是歷史？〉一文，可見人類心靈框架自十九世紀初到二十世紀末的激烈變化，以差異極大的尺度應對歷史因果與客觀性。但人是複雜的主詞，尺度的選擇不是非彼及此的殊死戰。

因而在沒有雪的地理，不是就沒有川端康成《雪國》的意念。許多分裂國度的國族史，這種虛構能力會被用在政治需求，如在臺灣想像全中國，如中國「教化」維吾爾。但人類的虛構能力可以有另一種超越，即便如王汎森在文章所言，過去史學以「國」為限，沒有了這個界限，往往不知道如何著手寫史。但優秀的史學著作似乎都證明足以提煉普遍性，使從歷史而來的啟示並無國界壁壘。因此一地的特殊性不是綑綁，是要求更高的抽象性，使「雪國」的意念對他人而言同樣真實存在。史學領域如此，文藝創作更是如此。

《春山文藝創刊號：歷史在呼嘯》以吳叡人的春山文藝講座拉開序幕，從文學家的自殺講述日本近現代精神史，以及蔡慶樺、陳小雀分別書寫德國在奧許維茲之後的寫作爭論、拉美文學如何在殖民壓抑中躍上世界舞臺，都照見這些國度的特殊困境，激發出更強烈的文藝精神與作品，成為世界的共同資產。歷史的哨聲愈大，我們應該要有一種能力：愈是要能聽見人的存在。

以世界為故鄉

這種能力透過十九世紀歷史學家布克哈特著述的《義大利文藝復興時代的文化》，我們知道很久以前就發生在詩人但丁（約一二六五——一三二一）身上。佛羅倫斯從十三世紀中葉起，因教皇與神聖羅馬帝國的勢力鬥爭長期動盪，一三〇二年但丁所屬的白派失利後遭驅逐出城邦，從此沒回到家鄉。布克哈特寫道，但丁「真是在故鄉加給他的磨難與放逐裡成熟起來的！……但丁以既批判又渴慕的語氣寫了許多給故鄉的詩文，深深打動佛羅倫斯人的心。但他的思考格局其實遠超過義大利以及整個世界的局限」。之所以能有此格局，恐怕是但丁已然醒覺到，「地理的家鄉之外，在文學創作以及自我文化內涵的提升上，還有新的精神故鄉，這是誰都無法從他身上奪走的。」[1]

布克哈特給予文藝復興人最著名的解釋是，「外在世界與過往歷史都染上了神奇迷離的色彩，個人只能透過種族、民族、黨派、組織、家庭以及其他集體形式的框架來理解、認同自我的存在。在義大利，這層薄紗最早被吹搖落地。他們最早以客觀的眼光來看待及處理國家及現實世界所有的事物；但同時，在個人主觀性的尊重上也有強力的發展。人成為具體精神意義的『個人』，而且也以這樣的方式自我認知。」一旦人成為具有精神意義的個人，脫除幻覺的建構，那麼也會具有四海為家的精神。如但丁所說，「整個世界都是我的故鄉！」[2]

因此文藝復興並不是和平時代的產物，是從黑暗動盪的歷史誕生的。相隔六個世紀，至東尼．賈德眼中「被歸類、闡釋、援引與斥責的經驗要多於任何其他世紀」[3]的二十世紀，許多國度包括臺灣，至今都仍在二十世紀的苦難經驗後重建屬於該地方具有精神意義的個人。每個地方似乎都需要再經歷一次文藝復興人的追尋。

創作的不凡力量

這個追尋需要搖落過往幻覺的薄紗，靠的正是創作主體：人。蘇碩斌〈以文學介入歷史〉呈現近年臺灣歷史書寫需要的新想法。他認為，正因為寫歷史的當代人反而是構成歷史的重要成分，歷史不可能純粹客觀，因此他呼應懷特的說法，認為歷史學的核心不是史實，而是書寫，這也是創意性非虛構書寫可著力之處。不過在發展非虛構書寫的同時，或許我們更應像布迪厄一樣，深刻感受到小說不凡的力量。而且在他對福婁拜的分析中，我們應該重新給予臺灣的小說創作這樣的眼光。

布迪厄曾說，雖然福婁拜自稱願意寫的，是一本不談任何問題的書，且福婁拜被認為是形式小說的發明者，但布迪厄認為福婁拜不僅是最具現實主義的小說家，也是最稱得上是社會學家的小說家，其《情感教育》可與最精采的歷史分析媲美。布迪厄評論，福婁拜的小說不只是為了「講故事」，他以形式的追求「做了一項使他以一千次死亡為代價的工作，即『咳出』他自身對社會世界的體驗……」。[4] 換言之，小說家的探索，使社會歷史分析具備了藝術性與跨越時空的溝通性。

這也是為什麼，創刊號製作了《文藝春秋》作者黃崇凱的專輯，因為這位仍在不斷尋求突破的小說家自覺，做一個小說家，就像是歷史的隱藏攝影機。在《文藝春秋》當中登場的鍾理和、王禎和、聶華苓、柯旗化、楊德昌甚至是虛構人物《漢聲小百科》的主角，如同是他在面對臺灣歷史的自我教育與鍛鍊。在我看來，黃崇凱就是自己搖落幻覺薄紗的文藝復興人。

人們對歷史總是矛盾且充滿爭端的，看似虛空的歷史，卻經常是社會長期的重擔，也是深深影響未來的變數，因此即便苦難與哀愁，我們也要不斷下探到根源，再綻放花朵。

春山出版總編輯
莊瑞琳

①《義大利文藝復興時代的文化》（*Die Kultur der Renaissance: ein Versuch*），雅克．布克哈特（Jacob Burckhardt）著，花亦芬譯（臺北：聯經出版，二〇一三），頁一〇八至一〇九。

②同上，頁一七〇、一七一、一七五。

③《想想二十世紀》（*Thinking the Twentieth Century*），東尼．賈德（Tony Judt）、提摩希．史奈德著，非爾譯（新北：左岸文化，二〇一九），頁四七六。

④《社會學家與歷史學家：布爾迪厄與夏蒂埃對話錄》（*Le sociologue et l'historien*），皮埃爾．布爾迪厄（Pierre Bourdieu）、羅杰．夏蒂埃（Roger Chartier）著，馬勝利譯（北京：北京大學出版社，二〇一二），頁一〇八。

春山文藝

講座

文學的自殺與日本近現代精神史

吳叡人

臺灣桃園人，臺大政治系畢業，芝加哥大學政治學博士，現任職中央研究院臺灣史研究所。知識興趣在比較歷史分析、思想史與文學，關懷地域為臺灣、日本，以及世界，喜愛詩，夢想自由。著有《受困的思想：臺灣重返世界》；譯有班納迪克·安德森（Benedict Anderson）《想像的共同體：民族主義的起源與散布》（*Imagined Communities: Reflections on the Origin and Spread of Nationalism*）。

文學的自殺與日本近現代精神史

從明治到昭和，以北村透谷、有島武郎、芥川龍之介、太宰治到三島由紀夫、川端康成為例

主講｜吳叡人
日期｜2019.7.16｜19:30
地點｜左轉有書 × 慕哲咖啡
臺北市中正區紹興北街 3 號 B1
逐字｜李映昕
編修｜莊瑞琳、吳芳碩

常常在臺灣各種空間，不知道辦過多少場講座，有過各種關於社會議題的討論。我們辯論那些重要的問題，是否能夠知道我們的精神在朝向哪裡？有哪些文化藝術的養分，可以涵養每一個參與討論的人的內心。

人文社科議題的歧見，常常正反意見都有堅實的立論基礎，這時候能不能用文藝的精神去回應這些很重要的辯論？能不能橫跨文學跟非文學，在虛構跟非虛構之間對話？於是看似非常不合時宜，在這個動機的嘗試之下，有了春山文藝的講座。

歡迎春山文藝的第一位講者吳叡人老師。

我今天去政大演講，忘記自己腳有舊傷，一站就站了三個小時，所以希望各位諒解我就坐著來跟各位分享。如此榮幸成為春山文藝講座第一位講者，結果講的卻是自殺，說不定是反映了時代精神也不一定。不過這是偶然的，不是我刻意要講自殺。最初是今年三月臺大政治系有一個日本文學讀書會，他們邀請我，特別指定要談自殺跟日本文學，好像是因為同學們讀了太宰治，所以對日本文學家的自殺產生興趣。大家知道，太宰治長得非常帥，一生非常頹廢墮落，自殺過世，最後總算死成了。我想他到現在還是魅惑著日本年輕人，每年四月開學前，就會在大學旁邊書店看到太宰治的《人間失格》也好，或一些文庫本的小說重新包裝，也就是他被視為日本年輕人青春教養的一環。不愧是重視

死亡的民族，不怕把自殺的作家當成青年典範。

我調整了一下題目，從近代文學的自殺來看日本的政治社會文化跟思想。剛剛忘了講，我從一橋大學演講回來之後，香港占領立法會那個晚上開始，我就重感冒到現在，所以這個時代精神不只是自殺也是病弱的一個年代。我有個習慣，講到後來，酒神附體精神就來了。原本想要設定在大正跟昭和，談芥川龍之介與太宰治，後來仔細思考，決定延伸到明治期的北村透谷，往下談談昭和年代的三島由紀夫和川端康成，這樣會比較完整看出近現代日本精神史的軌跡。

自殺是個有兩面性的現象。法國社會學奠基者之一涂爾幹寫過一本很有名的《自殺論》，從《自殺論》以來，自殺常常會被認為是社會學現象，但自殺有自殺的主體，所以同時也是個人行為。文學家的自殺，個人性當然更明顯。今天，我會把文學家的個人自殺行為放在比較大的社會脈絡當中討論。不過我採取的比較不是社會學途徑，而是我較熟悉的思想史途徑，關照幾個重要的文學的自殺，以及他們發生的時代的思想脈絡。具體而言，我主要想利用四個日本文學史上著名的自殺案例，也就是北村透谷、有島武郎、芥川龍之介和太宰治，來對應各自的時代精神，同時簡單勾勒十九世紀末到二次大戰結束初期的日本精神史。至於七〇年代的三島跟川端，我想把它當作這一段精神史的遲來的注腳。「精神史」這個名詞在臺灣常常聽到，那是日本式的翻法，其實來自德文 Geistesgeschichte，是黑格爾哲學的觀念，相對於「物質的歷史」。黑格爾哲學相信，精神、人的理性自有它獨立的歷史，並不附著於物質上，這是德國唯心論很重要的概念。德國和日本的思想史家非常喜愛用「精神史」這個字眼來描述一個社會或國家的時代精神，或思想狀態的變遷歷程。

我照例要先講一件事，我不是專業的日本文學研究者，但我是真正的日本文學愛好者，對日本近現代的思想史跟政治史也有一些涉獵，因為那是我學術專業的一部分，我在研究臺灣殖民地時期歷史的時候，必須理解日本、中國還有西洋，於是花了一段時間去學習日本史，特別是幕末以來日本近現代的政治思想史。所以在看文學文本的時候，會產生很多觸發，這個觸發或許不是純粹做文學研究者容易看得到的。另外，我也是日本大眾文化的愛好

者，重度的推理小說迷，就讓我們把今晚當成一次同好會式的分享吧。這些題目對我就像是教養的一環，可以很日常地和大家聊。

今天的分享，關於小說文本和文學史、政治史、思想史的基礎知識是我長期閱讀累積的一點成果，但在詮釋架構上，我受到法國思想史研究學者 Maurice Pinguet 的傑作 *La Mort volontaire au Japon*（一九八四，日譯《自死の日本史》）很大的啟發，這是我所知道目前討論日本史上的自殺最好的一本書。[1]除了小說文本之外，我也參考了山崎国紀的《自殺者の近代文学》、植田康夫的《病める昭和文壇史》，以及宝泉薫編的《自殺ブンガク選：名文で死を学ぶ》等書。[2]

東西洋出於自願的死亡

把自殺視為一個普遍的人類現象和視為特殊的文化現象，可能會產生不一樣的看法。一般見解認為，日本跟西歐看待自殺的態度完全不同。西歐是徹底否定，甚至認為自殺是犯罪，然而在我們的印象裡，日本人卻常常自殺。Pinguet 在剛剛那本書開宗明義就指出，這是很錯誤的俗論。他認為，只有拿日本跟基督教文明比較，才會得出這種結論，因為基督教基本上認為上帝是死生的唯一權威，所以自殺是違背神的意志，是侵犯神的領域，人沒有權利自殺，生死是由上帝所支配。然而如果把西方文明推到前基督教的傳統，例如羅馬共和時代，就會看到很不一樣的觀點。他提到說，其實東西洋都有一種稱為「出於自我意志的死亡」形式——就是剛剛提到的法文 La Mort volontaire，日語翻成「**自死**」。Pinguet 刻意不用「自殺」（suicide），因為他覺得這個字比較有負面的意義。事實上，法文的 suicide 是十八世紀以後的新詞，被基督教染成非常罪惡的行為，又被精神醫學染成了疾病。

在西洋哲學史上，斯多噶學派肯定自殺的立場應該是最有名的，這個學派認為人有死亡的自由。事實上，西洋老早就有「切腹」，前基督教期最有名的切腹者叫小加圖（Cato the Younger, 95 B.C.-46B.C.），他是羅馬共和國後期非常重要的法學家跟政治家，他的自殺有如日本武士的切腹。誰是小加圖？羅馬共和後期軍事強人崛起，共和體制慢慢傾

①本文所參照的版本是モーリス・パンゲ著、竹内信夫訳、《自死の日本史》（東京：講談社、二〇一一）。

②山崎国紀，《自殺者の近代文学》（京都：世界思想社，一九八六）；植田康夫《病める昭和文壇史》（東京：エルム，一九七六）；宝泉薫編，《自殺ブンガク選：名文で死を学ぶ》（東京：彩流社，二〇一〇）等書。

頹，最終出現了獨裁者凱撒。凱撒被刺殺之後，奧古斯都成為帝國皇帝，從共和變成了羅馬帝國，而羅馬共和國後期的幾個重要人物，一個是西塞羅，另外一個就是小加圖。他抵抗凱撒的個人獨裁失敗後，凱撒要他認錯就可以得到恩赦，但小加圖拒絕了，為什麼？他認為在羅馬共和國生殺的權力屬於法律，用獨裁者的意志來決定一個人的生死，是違法的行為。他發現，共和國即將傾頹，羅馬連守法的自由都消失了，所以他決定和共和國，還有共和國特有的守法的自由一起消失。

他的故事非常戲劇性，有本西塞羅的傳記裡寫道，小加圖死前在床上讀柏拉圖的對話錄《裴多篇》，裡面有關於死亡和靈魂不朽的對話。他的家人猜出他應該想自殺，所以把房間裡的短劍藏起來，他很生氣地要回來，他說我現在是我自己的主人了。《裴多篇》最有名的話就是，「哲學就是學習如何準備死亡」。隔天早上他嘗試用短劍切腹，切到腸子都掉出來了，不過因為手受傷，沒有力氣沒有辦法自己殺成，就昏倒流血倒在地上，家人趕緊請醫生把腸子塞回去，把肚子縫起來。加圖醒來之後很生氣，就把縫線拆掉，把腸子拉出來，最後死亡。[3]

小加圖之死，是絕望，但也是抵抗，基本上讓凱撒崛起的權力基礎、正當性，受到非常大的損傷。他的死亡不斷被西方歌頌，在一個世紀後，羅馬詩人盧坎（Marcus Annaeus Lucanus）寫了一句關於羅馬內戰很有名的詩。他說，「神喜愛勝利的一方，唯有加圖是神喜愛的敗者。」他的死亡也傳到了一千多年以後，法國蒙田，義大利馬基維利，還有一千八百年後的盧梭，最終影響了整個人類的現代政治史——說不定也影響了香港的戴耀廷。戴耀廷是一個憲法學家，他一直嘗試用憲法學的論理，為香港保住最後一點點的自由，然中華人民共和國不是羅馬共和國，這個嘗試注定是絕望的。我們在香港看到，最近已經有五個年輕人為反送中運動自殺，這種追求自由、為了自由犧牲生命的傳統，是出於自己意志的死亡的形式。Pinguet 提出的這個說法，讓我極為動容。

羅馬帝國的後期，基督教占有支配地位以後，基督教義跟柏拉圖形上學傳統結合在一起，就開始禁止自殺了。但日本沒有這種形上學傳統，比較重視現世，所以有人說，日本的思想或文化傳統是所

③參見 Anthony Everitt, *Cicero: The Life and Times of Rome's Greatest Politician* (New York: Random House, 2003), 230-232.

謂現象學式的傳統，不談玄學，只談現象，例如日本人重視「浮世」，浮在這個世界上的一些現象。日本本地的傳統，孕育了屬於他們自己的，出於自我意志死亡的觀念。

日本傳統的自死形式

首先要談的是「**自決**」。日文所謂自決是自裁、自殺的意思，主要是一種武士的倫理。簡單說，武士在某些情境下，選擇為保存名譽而死亡。最有名的古典例子是《平家物語》的源義經切腹。另外一個例子是楠木正成（亦作楠正成），南北朝時代南朝的武將與忠臣，最後兵敗自殺。他們的死亡是自我選擇，拉丁文有一句話叫 amor fati，所謂的熱愛命運，封建時代日本武士為了維護名譽而選擇死亡，可以說是一種熱愛命運的表現。楠木正成在日本的政治或愛國主義論述，被視為像是中國岳飛一般的人物。臺灣上一代受過日本教育的人都知道他，這個人物典範的功能就是在教育你忠誠。

另外一種日本式的出於自我意志的死亡，也許可以稱為「**殉死**」。殉死可能是追隨主君而死，女性追隨丈夫而死，或者武士為主君討伐敵人而死，後者最有名的例子就是「忠臣藏」的故事。赤穗藩的藩主淺野長矩看不慣江戶官員吉良義央之橫暴，就拿劍砍他，沒砍死，後來幕府反命令淺野自殺，他的藩等於解散。整個藩的幾百個家臣，一夜之間變成浪人。

吉良這個惡徒因為與幕府關係好，做壞事沒有被懲罰，所以這些家臣表面上接受了幕府的處分，但私底下聯絡，共有四十七位武士願意參與抗命，也就是對抗幕府的命令，去斬殺吉良，為主君報仇。這件事鬧得很大，但也幫幕府解決了一個問題，因為斬殺吉良這件事受到社會相當大的肯定，問題是封建時代的規矩不可廢，所以最終四十七位赤穗浪士還是被幕府下令切腹，他們也甘於接受這個代價，追隨主君而死。這是討論日本封建倫理的一個重要故事。

與此相關的是做為一種處罰制度的切腹。德川時代已經是很成熟的封建時代，切腹其實是一種武士的特權，目的有兩種，一種叫奉仕——你要服侍主君，而當主君有錯的時候，你用切腹去勸諫。所

自決

殉死

以有人說這是服從與抵抗的融合。另一種是為了名譽，比方說武士犯錯的時候，要自我懲罰。切腹是區分武士跟庶民的諸特權中最嚴厲也最戲劇性的一種，自殺是武士階級獨享的特權，一般庶民不准帶刀，也不准自殺。

還有一種自死形式叫「**捨身**」，跟日本佛教傳統有關。佛教教理主張毫無執著，給予一切，放棄一切，包含肉身的放棄。當意識最終達到涅槃境地時，便以自由意志放棄身體，終結生命。日本受佛教傳統影響很深，所以捨身的概念在日本傳播得非常廣。捨身又分為兩種傳統，一種是禪宗的自力解放，自我捨身，另外一種則是日本庶民的宗教，就是淨土宗，特別是從法然到親鸞上人的系統，他們主張菩薩解救眾生，為救眾人而捨身。這也是在日本文化裡面自願死亡的一種型態。

接著再讓我們看看「**心中**」——不是「心裡面」，而是日文「殉情」的意思。心中其實是一種對儒教道德的反抗，日本社會從佛教慈悲之心的角度，對殉情者表達同情。此生無法實現的愛情，但願來世實現，日本對這樣的戀情採取很寬容的態度。十八世紀歌舞伎、人形淨琉璃大師近松門左衛門的名作《曾根崎心中》，描述大阪醬油店的學徒德兵衛，愛上了風塵女郎阿初，但兩人不能結合又被迫害走投無路，就跑到曾根崎森林裡面殉情，這大概是最有名的心中故事。除了在俗世無法成就的戀愛，另外一種心中是對浮世的愛欲跟快樂的肯定。如果你讀很多江戶時代的故事，會發現江戶是一個很特別的時代，很重視普通人的「人情」與種種現世的快樂。例如十七世紀井原西鶴《好色一代男》和《好色五人女》，就是這種作品。主人公在浮世中單純追求肉欲的快樂，有時不為任何的道理，就跟風塵女郎一起去殉情。這種殉情沒有像《曾根崎心中》那麼悲愴。

下一種自死型態，可稱之為「**自我犧牲**」，這也是武士階級的現象。明治維新很重要的改革就是把武士階級的特權全部摧毀，目的是要廢除所一切封建等級制、身分制，變成四民平等的社會。明治政府這個政策激起了武士階級的反叛，這大概是日本史上武士階級最後的反叛，熊本士族的「神風連之亂」就是其中一例。他們當時反對幾項明治政府的政策，首先是廢刀令，原本傳統武士可以帶刀；第二是武士傳統的世襲奉祿被取消，改用公債證

捨身

心中

自我犧牲

書，類似戰士授田證，就引發了非常激烈的熊本世族的叛亂，當然最後都被鎮壓，很多參與者切腹自殺。這裡所說的自我犧牲，指的是明知劣勢必敗，卻仍願犧牲生命，以保護高貴的武士傳統之意。三島由紀夫的《豐饒之海》第二部《奔馬》敘述了這個故事，這是一八七六年的事。一八七七年，西鄉隆盛也發動了西南戰爭，對抗明治政府。他和好友大久保利通，還有長州士族出身的木戶孝允齊名，被認為是維新三傑，但對新日本的路線有很大差異。簡單講，西鄉主張要「強兵」，大久保利通卻要「富國」，兩者之間產生很大對立，他被迫下野。在連串的士族反叛之後，西鄉隆盛決定起兵反對要廢除武士階級的明治政府，最後兵敗自殺。

啓蒙浪潮下的新矛盾

日本文化對自願選擇死亡這件事，其實有他們社會理解或者被許可的形式，沒有基督教傳統那麼嚴厲地禁止自殺。然而日本什麼時候開始改變呢？接下來要談的階段就跟文學的自殺有關，在剛剛所描述的傳統封建秩序底下，不會出現太宰治，不會出現芥川龍之介，一切都要等到日本明治維新開始西化與現代化後——一言以蔽之，一切都要從福澤諭吉開始談起。福澤諭吉被認為是日本啟蒙之父，引進西洋的理性與進步觀，徹底非難封建與武士道的道德觀。他認為日本就是因為有武士道才會落後，所以他當然反對自殺，認為自殺是違反獨立自尊原則的卑怯之舉。福澤思想有個很重要的地方，就是傳承西方十八世紀的啟蒙運動，很強調個人主體，然而日本的封建時代沒有個人主體，在身分制度下，人的出身被放在一個固定位置，下一代也是這樣，這種身分秩序非常嚴厲，絕對不可更動。福澤認為要把封建身分制廢除，讓每個人獨立平等，所以他在〈勸學篇〉裡有一句名言：「**一身の独立、一国の独立**。（有一身之獨立，才會有一國之獨立。）」他很重視個人獨立。事實上，歐洲的啟蒙哲學也是反對自殺。當代自然法愛講人的各種自然權利（natural rights），但就我的瞭解，從啟蒙運動以來，自殺權從未被當作人權，人有各種人權但不能自殺。在福澤諭吉全力支持的西化跟歐化的風潮的影響下，大約在一九〇〇年代前後的日本，出現了和本土原來那種自願死亡的傳統，完全無關的一種新種類的死亡，這是福澤諭吉沒有預期到的情況。換句話說，**他帶來啟蒙的思想，結果反而創造了屬於啟蒙思想類型的死亡形式**。

福澤諭吉在明治八年寫下了《文明論之概略》，這是一八七〇年代寫的東西，然而現在讀還是會讓人驚服於他對西方文明的掌握之深入，特別是政治史、民族國家形成的整個過程。由此可見，明治日本會成功有它思想上的因素。無論如何，福澤諭吉提倡的西化道德觀，反而導致了新的一種自殺、意志的死亡的出現。有兩個不預期的結果出現。第一，他讚美自由跟解放，結果在一九〇〇年代，明治維新過了三十年之後，日本出現一大群受浪漫主義跟無政府主義影響，追求極端個人自由的學生、知識分子跟作家，這些人就是日後自殺的先鋒隊。第二，他強烈批判儒家式的道德主義，很重視啟蒙的功利主義，他認為我們做什麼事要衡量效用，這種功利主義反對儒家的道德主義跟精神主義，就是導向唯物主義的第一步，從這裡就走向了社會科學、社會主義。

談到這裡，我們要先注意一個社會背景。剛好就在一九〇〇年前後，日本首度出現了所謂「社會問題」。明治維新第一階段，從一八六八年一直到一八九〇年成立憲法，這二十幾年大概算是政治改革。但一八九〇年代他們拿到臺灣的時候，日本國內開始有新的事情在發展。日本因日清戰爭拿到大批賠償金，資本主義快速發展，開始出現內部的貧困問題，於是他們第一次認識什麼是「社會問題」——就是貧窮，而且不是傳統貧窮形式，是資本主義分配不均造成的貧窮。所以在十九世紀末期，出現了日本最早的社會黨。這個政治經濟脈絡有助於我們理解為什麼福澤諭吉的啟蒙思想會帶來不預期的後果。

十九世紀歐洲啟蒙理性主義所孕生的兩大思想趨勢在日本也出現了，一方面歌頌個人自由，另一方面又描繪社會不自由，這是矛盾的。你要求個人自由，但另一方面，社會主義、社會科學、社會學的出現，卻又讓我們理解到社會不自由，我們可以用盧梭的話來描述十九世紀歐洲啟蒙思想的兩大矛盾：「人生而自由，卻無處不在枷鎖之中。」一九〇〇年代前後在日本文化裡面，最有創造力的部門就是文學、思想，它們同時受到這兩個思想傾向的

明治時期

- **一八六八** 十月二十三日之後為明治元年。
- **一八七五** 福澤諭吉《文明論之概略》出版。
- **一八七六** 神風連之亂。
- **一八七七** 西鄉隆盛發起西南戰爭。
- **一八八九** 《大日本帝國憲法》頒行。

影響。這在當時的翻譯界看得非常清楚。日本當時翻譯了渥茲華斯，這是浪漫主義，又翻譯福婁拜，這是自然主義，接著翻譯盧梭，這又是浪漫主義，再翻譯莫泊桑，這又是自然主義。日本所謂「私小說」，就是用第一人稱開頭書寫的自傳體式的小說，文學史家認為私小說是日本近代主體形成的象徵，因為當人們懂得用我去自我敘述的時候，近代的主體就出現了。這種私小說的創作同時混雜了西洋文學對立的兩個傳統：浪漫主義與自然主義。比如明治早期的小說家島崎藤村，作品有《春》、《櫻桃成熟時》、《破戒》等，他就同時模仿雪萊和浪漫主義，以及左拉和自然主義。

在講那些自殺的文學家之前，要先讓大家知道為什麼他們會自殺，所以我運用了一些思想史、社會學、政治學的概念，先把那個環境鋪陳出來，因為這些人的自殺跟武士沒什麼關係——即使後來自稱是現代武士的三島由紀夫跟武士也沒什麼關係，那是在全新的情境下出現的，全新的死亡形式。簡言之，是明治後期西化影響後出現的一種新型態的自死。啟蒙理性主義同時催生兩個傾向，浪漫主義與（自然主義的）現實主義，但這兩種趨勢互相矛盾，為什麼呢，因為一方面大家追求美好浪漫的理想，但另一方面大家認識到原來在人的現實當中，追求的理想是無法實現的。換句話說，心靈所描繪的生動理想這種浪漫主義的東西，在現實當中是不存在的，而一旦確認了追求的理想不存在的這一刻，你的思想就導向了虛無。所以，為什麼要死？很難講，但日本的快速西化，你可以說它導致了某種幾乎不可避免的後果。在思想上，幾乎近代作家所有自我終結生命的過程，都跟這些思想有關，都跟這些價值觀念有關，也跟近代日本接受西方文明，然後自我跟外部原因互相葛藤、爭鬥有關。當你發現一方面你追求夢想，自由的精神世界，另一方面又得面對非常現實醜陋的人生，這個必然的、物質的世界，你被很多事物支配控制，無法自由的世界，這兩個世界的碰撞中，出現了一條出路，就是自殺。聽起來很奇怪？但這確實是在一個社會接受西方現代文明的初期階段，特別是在知識階層中容易出現的一種反應形式。所以 Pinguet 教授用很漂亮的話說，自殺是用死亡把精神「從虛無拯救出來的一種飛躍」，當你這樣思考的時候你就不會畏懼了。

明治期知識分子的幻滅

現在讓我們進入到第一個文學自殺的案例。明治中後期精神史一個很重要的個案就是北村透谷。他生於一八六八年，死於一八九四年，只活了二十六歲，不過他的一生剛好涵蓋了明治前期日本社會巨變的時代。讓我們看看整體的時代背景。日本自一八六八年以來，三十年來向西洋開放，國力確實快速躍進，但也造成很大的副作用。簡單講，一個後進國想要快速獲得西方的現代文明，當它學習愈快速，也許可以很快達成船堅炮利，或者器物制度的現代化，但過程不是沒有代價的，因為通常它也會付出很大的國家或者文化認同的代價。日本快速的西化，結果就是祖國的喪失，以及對自己自信心的喪失。如果都信仰西洋這些東西的話，那日本就變得一無是處，這是明治第一代青年面對的普遍問題。事實上，主張「全盤西化」的人常常要面臨到國家認同的問題。這是一個很古典的難局，不是只有日本，凡具有古老文明的非西方國家，像日本，印度跟中國都有類似狀況。

快速的西化結果，雖然日本國力快速躍進，但卻導致祖國、國家認同的喪失，還有對日本自信的喪失，這是一個很大的精神危機。這一代的明治青年成為很多日本思想史學者研究的重要對象，你可以說日本第一代西化知識分子出現了，他們醉心於西洋文明，但對日本的落後跟封閉深感不耐、失落，他們大量閱讀西方的著作，非常崇拜西方的一切，但完全沒有辦法在現實當中實現，所以產生了煩悶、苦惱、懷疑。在臺灣，龍瑛宗大概是這類知識分子的第一個世代，他們經由日本接受到了現代文明，達到比較成熟的階段，然後臺灣自身是什麼也成了一個問題，所以如果用精神史的角度，臺灣大概比日本晚了半世紀之久。

日本第一代的西化的知識分子，用異鄉人之眼來看待自己的社會，產生了強烈的疏離感。他們心中覺得日本跟西歐永遠存在著無法超越的鴻溝，日本是劣等民族，永遠沒有辦法產生偉大的作品。那個世代的年輕人覺得但丁的《神曲》，彌爾頓的《失樂園》，這類的作品才是傑作。日本那個時候還未確立言文一致，還沒有找到書寫現代主體的文字符碼，因為過去講的話跟書寫語言是不一樣的。臺灣在日治時期是雙重言文不一致，到底要用臺語

一八九四

發生日清戰爭（即甲午戰爭）。

志賀重昂《日本風景論》出版。

北村透谷自殺。

●**北村透谷**（一八六八——一八九四）浪漫主義詩人、理論家。出生於明治維新剛開始之時。就讀東京專門學校（今早稻田大學）政治系時曾投身自由民權運動。自費出版詩集《楚囚之詩》、《蓬萊曲》，發表著名的論文〈厭世詩家與女性〉、〈內部生命論〉。日清戰爭發生前，五月十六日上吊自殺，年二十六。

還是用北京話還是日文，無法確立，所以臺灣文學的遲發性，跟語言上的障礙有很大的關係。你可以看到那個時代的知識分子是如何焦慮，因為他們連書寫現代文學的媒介都還沒有創造出來，一九〇〇年代才開始慢慢有，而且是模仿，很辛苦地難產出來。

有些知識分子對這個狀況覺得很不滿，於是就轉向民族主義。不管當時的西化風潮有多麼深刻的思想意圖，西化過程必然包含模仿與崇拜。當時日本政府特別建西洋建築鹿鳴館來接待外賓，或者以便統治階級、貴族階級辦各種西洋式的派對。「鹿鳴」一詞典出《詩經》「呦呦鹿鳴，食野之苹。我有嘉賓，鼓瑟吹笙」，所以鹿鳴館本來指的是迎賓館的意思。從當時的繪畫中我們會看到明治中期的日本人穿著洋服，學西洋人跳舞的樣子。這種缺乏自尊的醜態引發當時日本人很大的反彈，知識分子覺得日本人怎麼完全喪失了自我，其中有些人就回歸到民族主義。在明治中期，約一八九〇年代，出現了一個反歐化的思潮，思想史上一般稱為國粹主義。

明治中期的國粹主義大概包含了三個主要流派。一種是三宅雪嶺、志賀重昂的國粹主義，其次是高山樗牛的日本主義，最後是德富蘇峰跟山路愛山的國權主義。換句話說，學西洋學了二、三十年後，產生了像鹿鳴館文化那種日本人對西方的機械模仿，導致很多人心生不滿，其中部分人士轉向了民族主義，開始主張日本國粹的優點，這是明治期日本對西化的第一波反彈。中國的國粹主義是五四運動之後十幾年，也就是一九三〇年代出現的。日本也是全盤西化二十年之後出現國粹主義。儘管如此，當時日本的思想主流還是西化知識分子，而他們還是一樣苦悶跟懷疑。

北村透谷個人對這一切看得很透徹，因為他反對國粹主義。國粹主義對過度西化的一個解決方案就是逃入日本的傳統當中。當時志賀重昂寫了一本很有名的書《日本風景論》。日本人有個習慣，去到哪裡，就要把那個地方最高的山取名那個地方的富士，所以全日本到處都有「××富士」。《日本風景論》裡面有部分內容就是討論如何透過命名風景，把自然景觀納入日本人的認同理面，這是浪漫主義興起以來民族主義者收編自然的古典論述策略。北村透谷很反對這一套，他追求一種徹底真誠跟救贖的嘗試，他試過政治，試過宗教，試過愛情，不過全部失敗了。

北村透谷年輕時候，曾經嘗試參加自由民權運動，什麼叫自由民權運動？某個意義上，自由民權運動可以說是一八七〇至八〇年代在日本出現的第一波民主運動，儘管當時「民主」一詞尚未出現。明治維新建立的政府，是一個沒有國會也沒有憲法，由所謂西南雄藩主導的寡頭政府，史稱「藩閥政府」。在一八七〇年代，明治國家的獨裁激起了不少當時在野的菁英，特別是東北地方等明治維新的敗者，起來反抗，而他們用的名義是「自由民權」。他們說你要建立一個日本國可以，但是不能讓你們建立一個由薩摩、長州（薩長下郎）所壟斷的政府，於是推動參政權運動，要求分享政權。這就是日本近代史上第一波事實上的民主化運動，其中一個很有名的領袖土佐的板垣退助，大正初期曾來臺灣推動同化會運動，臺灣這個運動其實可以看成自由民權運動的延伸。北村透谷在年輕的時候參加自由民權運動，並且加入了自由黨，但是很快就感到失望，因為他是一個理想主義者，但他卻在參與政治的經驗中認識到政治家總是為達目的，不擇手段。對透谷而言這是一次重要的政治啟蒙。他想在政治尋找救贖，但學到的卻是政治無法救贖，除非你相信的是馬基維利，而他信仰的是理想主義，所以他就退出了自由黨。他一度也信仰基督教。明治的知識青年絕大多數都信過基督教，這些信教的青年知識分子在各地結集為一個個信仰集團，稱為「團」（バンド），最著名的札幌團、熊本團，還有橫濱團等。建立臺灣現代糖業的新渡戶稻造，曾擔任日本第一高等學校的校長，是日本戰前自由主義的代表，他就是在北海道農校就讀時參加了札幌團。日本明治那一批重要的知識分子差不多都是基督徒，對他們而言，西化最直接途徑是經由基督教。這個事實對理解明治精神史非常重要。

不過對北村透谷而言，基督信仰也沒辦法給他帶來心靈的安寧，於是他嘗試戀愛。戀愛為什麼是可能的救贖？因為他是那個時代很少見的自由戀愛結婚，但他對婚姻生活卻很失望，覺得妻子完全無法理解他在想什麼。最後一根稻草是，他寫不出東西來。他崇拜拜倫的英雄浪漫主義，也崇拜愛默生。美國作家愛默生是一個哲學家，他主張transcendentalism，認為有內在生命，人不是只有外在，人內在的精神生命是很重要的，所以透谷有篇

一九〇三　●**藤村操**（一八八六——一九〇三）於栃木縣日光市的華嚴瀑布投水自死，瀑布頂端岩石上留下遺言〈巖頭之感〉。此後數年，華嚴瀑布成為自殺熱門地點。

一九〇四　發生日俄戰爭，一直持續到隔年九月。

一九〇五　夏目漱石《我是貓》出版。

一九〇六　島崎藤村《破戒》自費出版。

一九〇八　島崎藤村的自傳體小說〈春〉在《東京朝日新聞》連載，其中描寫了早期與《文學界》作家們的交往，包括北村透谷自殺的事。

論文就叫〈內在生命論〉，認為人的生命有一種內在世界值得追求。他崇拜拜倫跟愛默生，但在現實當中找不到救贖。他參與自由民權運動，就是要模仿拜倫，因為拜倫不只是詩人，他曾經參加希臘獨立運動。對透谷來講，他去搞自由民權運動，是模仿他的英雄拜倫，去實踐浪漫主義的行動典範。但是政治上他失敗了，在現實當中他也無法實現愛默生講的那種超越主義，找不到救贖，所以寄望於最後一根稻草，就是文學創作。然而那個時代言文一致的日文還沒有出現，最早的一篇言文一致的日文現代小說的出現還要再晚十幾年，也就是二葉亭四迷寫的〈浮雲〉。所以說，透谷所渴望的那種崇高偉大的文學作品，同樣也超越他的能力。

他對於自己的眼高手低，對自己的無能很憤怒，認為他自己的無能必須被懲罰。他自殺前一年寫了篇散文，提到自殺是一種復仇，人自己犯錯，應該被責備，如果沒辦法成為自己認為是正確的人，這是生命的最大錯誤。換言之，他的理想主義最終醞釀了一種怨憎之情。當心中充滿理想主義的崇拜與憧憬，但無法實現，於是產生了怨憎，那怨憎的對象是自己，最終導致了虛無。對自己的夢想進行復仇，那就是他的自殺。一八九三年，甲午戰爭前一年，明治二十六年，北村透谷用短刀刺胸，沒有死成，第二年他在家裡的後院樹上上吊自殺。島崎藤村的《春》這本小說，描寫了這整個過程——描寫藤村到透谷家拜訪的時候，透谷的妻子還不知道他已經死了，於是他們走到後院，看到他吊在那裡的過程，還有前一次自殺未遂的整個過程。《春》的主題，就是描繪明治中期第一代西化知識青年苦悶、找不到出路的故事。

北村透谷的自殺，彷彿開啟了明治後期的青年自殺潮。他們大抵上遵循著透谷的精神原型——挫折的理想、熱情的運動，最後結束於自己出於意志的死亡。這很像希臘神話伊卡洛斯給自己做一對翅膀，上面用蠟黏起來想要飛到太陽，飛進太陽融化之後他就摔死了。換言之，所謂西洋文明帶來的憧憬，是他們無法企及的理想。那個時代流行的文學人物，比方說《少年維特的煩惱》的少年維特，還有包法利夫人和安娜·卡列尼娜等等，都是當時年輕人心中憧憬的生命典型，大家滿腦袋充滿小說般的夢想與悲觀主義的哲學，在明治最後十年給日本青年帶來巨大的影響。面對這種充滿矛盾的世界，受到佛教影響的德國哲學家叔本華提供了一個佛教式的諦觀哲學。日語所謂「諦觀」，就是放棄，但是年輕人怎麼可能輕言放棄呢？二十幾歲的年輕人，他們對理想、對夢想的追求，總是至死方休，於是在這個時間點，碰到了一個日本史上非常重要的哲學自殺的典範。一九〇三年，一個當時應該還沒有二十歲，日本舊制第一高等學校的學生，叫作藤村操——他是夏目漱石班上的學生，漱石在他的札記裡有講到這個傢伙都不來上課——他在日光的華嚴瀑布頂端的大岩石之上，寫下了最後的遺言〈巖頭之感〉後，跳下瀑布自殺。〈巖頭之感〉非常有名，最後一段這麼寫：「**萬有之真相，一言以蔽之曰不可解。我懷此恨而煩悶，終於決定死亡。**」藤村操的死亡，風靡一時。

藤村操所就讀的第一高等學校通稱「一高」。李登輝讀的臺北高等學校，俗稱「灣高」，是跟一高同類型的學校。這是日本的舊制高等學校，總共包括八所用數字命名的高等學校再加上幾所以地區命名的高等學校。它是介於德國式文科高中（gymnasium）與大學預科之間的菁英教育機構，全日本大概幾萬人才進得了一個人，而一高更是菁英中的菁英。所以第一流學生想太多之後跑去自殺，還不是只有他，後來有很多人模仿。這裡面當然有時代背景，在此時此刻的臺灣講這個你可能覺得很荒謬，什麼叫「哲學自殺」？什麼叫「煩悶」？所謂「煩悶」不是那種青春期的煩悶，不是這樣而已，而是整個時代找不到出路的煩悶，是集體的煩悶，所謂精神史的意義就在這裡。

一九〇三年，也就是藤村操自殺這一年，剛好就是日本步入現代化之後自殺率最高的一年，每十萬人有二十個人自殺。涂爾幹對「迷亂」（anomie）的解釋，很適合用來解釋這個現象。也就是說，社會急速變遷，個人從共同體被釋放出來，成為孤立的個體，失去了共同體的保護，感到徬徨無依的時候，特別容易出現的自殺形式。這當中，知識分子的自殺率又比一般人要高出十倍。藤村操的導師夏目漱石的《我是貓》裡面，有一段用諷刺口吻談最近年輕人的煩悶，提到傳統社會幫人消除煩惱，在舊的共同體雖然你不自由但你受到群體支持，但近代個人主義的出現，讓人想不開，導致自殺就變成風潮。由於《我是貓》主人翁住所隔壁就是一間中學，苦沙彌接著隨口說「**以後中學教的倫理學應該**

春山文藝

歷史在呼嘯：哀愁及創造性的根源

改成自殺學。」如果各位瞭解整個時代背景，在讀這些有名的文學作品時，每一部作品都會出現很具體、立體化的意義。

問題是有沒有一個解決方案？這個時間政治場域發生了一件大事，就是一九〇四到〇五年的日俄戰爭，而國家主義的熱潮確實在戰爭期某種程度轉移了民眾自殺的情緒。一九〇五年同時也是《我是貓》出版的一年。所以我們不能忘記，夏目漱石其實是日本明治期，因快速現代化而導致社會迷亂失序狀態的一個很重要的診斷家。事實上，他自己也深受其害。他晚年提出一個觀念「則天去私」，意思是效法天道，消除過剩的自我意識，做為現代化帶來心理亂象的解方。夏目漱石對明治後期的日本文明狀態也有很深的觀察，他指出明治期的日本，毫無反省就匆忙接受西方文明，他稱為「外發的開化」，不是從內在自己開化（文明化），然而西洋的現代化是一種內發的開化。未經任何反省就盲目接受西方文明，導致在日本出現了過剩的個人主義——他用了一個非常幽默的形容，說這因此導致日本人的「神經衰弱」。為什麼他很重視「神經衰弱」這四個字呢？因為夏目漱石自己一輩子都苦於神經衰弱症，他探尋自己神經衰弱的原因，發現根源就在日本人盲目接受西化，這使得他非常生氣。換句話說，他在自己的身心症狀中找到了某種集體的文明焦慮的症狀。他認為應該要回歸到東洋式的「心的修練」。這個說法聽起來好像很威權，其實他的意思不是要回歸國家對個人的控制，而比較類似想援用東方傳統，例如禪宗教義中的「無我」觀念，進行一種比較自發的心理鍛鍊，以消除過剩的個人主義。同樣舊制高校出身的李登輝，曾在回憶錄中自述從十九歲之後就不再寫日記，目的就是因為要防止自我意識過剩之病。漱石和李登輝都意識到，西方式的個人主義過剩，社會又解體，沒有一個共同體支撐你的時候，會徬徨無依，會迷失。後來一九五〇年代美國社會學有本很有名的書叫《寂寞的群眾》（*The Lonely Crowd*），描述現代社會好像很多人聚在一起，但每個人都是孤立的個人，原子化的個人。其實這個現象早在一九〇〇年代，就已經先被非西方社會的知識分子注意到了。所以日本在接受西方文明的過程當中，這種所謂新型態的自殺，其實就是日本西化過程導致的一種症狀。

一九一〇——幸德秋水「大逆事件」。

閉塞的大正時代

一九一二年，也就是大正元年，明治時代結束了，而一位大人物乃木希典的生命也走到了盡頭。乃木是臺灣第二任總督，也是日俄戰爭的著名將領，以前軍國時代的小孩都說長大要當「乃木大將」。明治天皇駕崩之後，乃木希典跟他妻子一起自殺。乃木大將夫婦的自殺，被日本官方與右翼解釋為為明治天皇殉死，但其實關於這件事存在著不同的解釋方式，例如夏目漱石和許多知識分子都認為，其實乃木是為了當年在日俄戰爭旅順攻防戰（一九〇四——一九〇五）中，他的指揮錯誤導致大量日本年輕人戰死之事負起責任，他之所以延後死亡，是因為人臣者不敢先於天皇而死，所以等到天皇死後他才自殺。他不是殉死，而是為過去曾經害那麼多年輕人死亡負責。此外，在一八七七年西南戰爭時，他的部隊曾經被西鄉隆盛軍奪走軍旗。他忍受了近四十年的恥辱，終於自殺，這個行為應該被歸類於前面提到那種武士為榮譽心而自死的傳統之中。乃木大將殉死後，明治文學界第一流知識分子森鷗外，從此不再寫當代小說，開始改寫歷史小說，為什麼？他寫的歷史小說都在敘述，過去的社會如何以死亡來負責任，或盡義務的故事，其用意是凸顯當代日本社會受資本主義影響，已墮落到功利主義價值觀的情況。很遺憾的是，這種無私獻身自死的尊貴傳統，進入明治期開始就慢慢被國家和軍國主義收編，所以我們後來看到神風特攻隊這樣的悲劇。他們源於一個非常尊貴的武士傳統，但這種尊貴傳統卻也很容易被民族國家收編。

時序進入到大正，第二個案例就是有島武郎。大正時期的日本貴族公子哥組了一個文學團體白樺派，有島武郎也是這個團體成員。他們都是出身東京學習院大學。學習院大學在早稻田大學附近，日本的皇族全部都是讀學習院。當時出身於學習院的貴族子弟組成的白樺派，是大正文學的前期主流。他們受到托爾斯泰、梅特林克還有羅曼羅蘭的影響，相信人道主義，藝術至上主義，所以這些公子哥完全不同情乃木大將的死亡，乃木大將那時是他們學習院的校長，他們覺得校長很教條，很不合時宜，也就是說這批西化派的公子哥，他們相信托爾斯泰式的人道主義，對世界有非常浪漫樂觀的想法，他們會受到哪一種自殺的感動呢？梵谷自殺他

一九一二

明治四十五年・大正元年

於明治天皇出殯當晚，乃木希典切腹後自行介錯（斬首）、其妻以短刀自刺心臟殉死。七月三十日之後為大正元年。

們就深受感動，對於日本在世紀末出現的虛無頹廢風潮，他們也不以為意，他們說這個沒有問題，全世界的文化寶藏就可以來抵禦這些虛無主義。

有島武郎是白樺派最有名的小說家，他跟女記者波多野秋子的殉情是大正文學史最有名的八卦，電影《華之亂》就有講到這個故事，還有那個時代一堆有趣的人物。這個事件暴露了這群公子哥人道主義的脆弱性，基本上理論抽象層次的東西，碰到現實就崩解。看看有島的一些經驗就知道他其實是很苦的，他出身貴族世家，留學美國，信奉基督教，後來去讀馬克思，他還在美國見過克魯泡特金本人。克魯泡特金是誰？他是跟巴枯寧齊名的無政府主義重要的思想奠基者，也是一個貴族。所以有島武郎一方面想要試圖解放個人創造力，他追求個人主義、個人自主的這樣一個浪漫主義的理想，另一方面他又受到社會革命的影響，在兩端之間搖擺，如同所有懷抱理想的貴族子弟，覺得自己出身於錯誤的階級，他感覺自己沒有行動力，一直很努力想要克服這個問題。現代的「左膠」也許覺得他很可笑，但是暫時拋棄那些左派的道德優越感，從他的脈絡裡面理解，你會發現他其實很辛苦，他一直很想要克服這個問題，但最終還是失敗。他是地主家庭出身，布爾喬亞知識分子，為克服階級原罪，一九二二年，他跑到北海道把繼承的農場，把土地所有權全部放棄，分給佃農，白樺派這些貴族都專門做這種事，你可以說是一種「個人主義式的社會主義」。最有名的就是武者小路實篤，他創建了一個叫作「新村」的實驗社區，類似在資本主義大海中，創造一個反資本主義、類似社會主義式的公社，是自發性的公社。這個新村現在還存在，原本在宮崎縣，後來移到崎玉縣，現在是以財團法人的方式存在，不過因為人口老化，現在人很少。村上春樹《1Q84》，裡面就有一批教團跑到某個地方去做這種公社生活，這個在日本近代史上經常存在，他在寫的時候不完全是假的，是用類似像這樣的個案來描寫。有島武郎和白樺的夥伴們都很誠懇，他們無力推動有效的社會革命，只能用個人的方式去做，他們家有的是錢跟土地，於是直接用他們家的土地分給農民，但這是不會成功的。最終，土地共有實驗當然失敗了，他就感到自己一個人根本沒有辦法對抗資本主義，他也知道不可能去裝作是一個無產階級，所以他就活在有所信仰但又必然絕望的矛盾之

一九一四　武者小路實篤在宮崎縣創立「新村」。

一九一八　芥川龍之介〈地獄變〉於《大阪每日新聞》、《東京日日新聞》發表連載。

有島武郎發表〈宣言一則〉將自家北海道狩太村的農場開放。

一九一九　島崎藤村《櫻桃成熟時》出版。

中，最後愈來愈悲觀。有島和比他早一個世代的北村透谷，某個意義上是類似的，他們在思想上接受了一些東西無法實踐，非常真誠地想要面對現實，卻找不到出路。在這個時候，他就跟一個已婚女記者產生了不倫之戀，後來他們選擇在輕井澤的別墅裡面殉情，連死亡的地方都是貴族的地方。

臺灣有一批人很崇拜一九二〇年代大正民主，其實他們對一九二〇年代的理解是非常片面而錯誤的，不管對日本還是對臺灣都是。大正民主其實是一個閉塞的時代，所以有島武郎會殉情是存在政治背景的，不完全是因為他是一個遊手好閒的少爺而已。當時很多媒體都報導，有島武郎的殉情表現大正期的社會風俗道德愈來愈墮落，為什麼呢？因為日本大正民主是引進美國文化的初期或高潮期，他們稱為美利堅主義，整個社會突然之間開始看好萊塢電影，或者是有所謂「喫茶店」、「百貨店」這些東西。他們覺得有島武郎的殉情代表這個時代的社會風氣敗壞，因為美國式的大眾社會被引進了。

但事實上，從政治角度來看，大正民主也是國家體制鞏固的一個年代，國家可以被容許批判的範圍被確立得非常清楚。一九一〇年代出現日本史上非常嚴重，明治維新以來最大的政治案件。日本早期的著名無政府主義者幸德秋水，跟一群同志被日本警察認定想要暗殺天皇，後來被處死刑，一般稱為「大逆事件」。日本戰前刑法有一條罪叫作大逆罪，換句話說，刑法有很多不同輕重罪，但絕對不准碰天皇。他們利用大逆罪處刑幸德秋水，目的在殺雞儆猴，後來歷史學家已經證明這個事情是捏造的，但這個捏造的案件，用大逆罪第一次處分當時日本非常著名的知識分子，也是最激烈的反戰分子跟社會主義者幸德秋水，說他們試圖謀殺天皇。日本社會到現在議論天皇還是一個禁忌，日本社會很少有人敢說自己是一個共和主義者，主張把天皇制廢除，為什麼會這樣？因為日本政府早就透過大逆事件，樹立了一個什麼可以談、什麼不能談的邊界。所謂「大正民主」其實只不過是確立了什麼可以談的邊界而已——在所謂百花齊放的「大正民主」下，天皇批判絕對禁止，共產主義絕對禁止，無政府主義絕對禁止。

有位非常有名的歌人石川啄木，他一輩子潦倒，很早就過世，但他的歌寫得非常的漂亮，是一位非常聰明的年輕人。啄木在大逆事件之後寫了篇文章，宣稱這是一個「閉塞的時代」。臺灣在誇大吹捧的「大正民主」，事實上在他們眼中卻是寒冬來臨。反而明治期，一切混亂，卻充滿了可能性跟自由，到了大正期，國家確立了一些意識形態邊界，連「民主」也不能講。事實上，臺灣講「大正民主」是有語病的，日語的正確說法是「大正デモクラシー」，也就是「大正 democracy」。當時 democracy 不是翻成「民主」，因為「民」不可以是「主」，日本國家的主權在天皇手中，所以主權怎麼可以在民？於是吉野作造只能婉轉地把 democracy 翻譯成「民本主義」。面對當時國家鎮壓的暴力，大眾社會冷漠，雖然親眼目睹了大逆事件的冤案屠殺了一個世代最傑出知識分子，很多人如森鷗外心中非常同情但不敢講話。國家變得威權化，社會卻開始進入大眾與消費社會，也不去管思想或理念的問題，所以像有島武郎想要行動又不敢行動的知識分子，遭遇很大的挫折。

有時候自然反而與人世間的事情是互相呼應的。有島武郎自殺隔年，一九二三年發生關東大震災，震災之中有件非常殘酷的事情，也就是東京憲兵隊利用震災製造謠言說，那些沒有正當職業的朝鮮浪人（所謂「不逞鮮人」）到街上到處搶劫，以此為由大量逮捕屠殺朝鮮人，同時也趁機殺死了幸德秋水之後最重要的無政府主義者大杉榮。現在的日本每年都要出一個特輯記念他，標題會取作「日本最自由的男人」之類，因為今天的日本人已經完全無法自由了，所以他們非常懷念曾經有過自由的那個時代，而大杉榮是最後一個自由人，以後就沒了。震災之後日本就徹底被規訓到今天，現在看到的日本人都綁手綁腳，把國家規訓全部內化了。接下來更慘，大杉榮一被殺，一九二五年治安維持法成立。治安維持法是什麼？專門取締共產主義的嚴峻法律。在此之前只是用治安警察法，這是比較輕的法。為什麼要趕在一九二五年通過治安維持法？因為這是日本政府同意給日本人普選權的政治條件：可以普選，但絕對不准講共產主義跟反天皇，一旦講了就把你幹掉。接下來每況愈下，一九二八年三一五，日本內地全面檢舉左翼分子，臺灣則在一九二九年。

一九二三

九月一日關東大地震。

大杉榮在「甘粕事件」中被殺。

有島武郎「心中」。

●有島武郎

（一八七八——一九二三）白樺派小說家。出身薩摩藩與財務官家，就讀學習院預備科、札幌農業學校，曾信奉基督教，留學美國期間受社會主義與西方哲學影響。在妻子與父親相繼過世後，全心寫作，發表《該隱的末裔》、《迷路》、《一個女人》等，後因創作力下降與種種苦悶，與有夫之婦波多野秋子於輕井澤別院殉情，年四十五。

一九二五

治安維持法頒布施行。

藝術至上與左派革命在昭和的失敗

現在我們進入第三個案例，就是芥川龍之介。他在一九二七年七月二十四日使用致死量的安眠藥自殺，享年只有三十五歲，這個時間剛好是大正的結束，昭和的開始。很多人寫昭和文學史都是從芥川的自殺開始，《臺灣民報》一九二七年報紙也有芥川自殺的新聞。從大正到昭和，當時知識分子對社會很無力，很多文學家因此走上了藝術至上主義。他們既然沒辦法改變這個時代，既然無力實踐，就只好完全在藝術內部尋找救贖，很像平安時代的貴族，躲在自己的教養之中。這個流派稱為「耽美派」，最有名就是永井荷風。其實我很喜歡他，一位令人喜愛的散步者，一輩子都在閒逛。他也是個文筆極佳的大文豪，但他們之所以走上耽美之路有其時代的背景。谷崎潤一郎也是有名的耽美派，《癡人之愛》、《細雪》裡情欲、愛情或唯美的描寫，非常細膩。耽美派還有一位川端康成，川端康成在那個時代雖年輕，卻已經很有名了。這些耽美派作家選擇一種我們稱為「關照的隱居的姿態」，因為當代是窒息的，沒有出路，所以逃往過去，透過對藝術的信仰，救贖這個時代的虛無。日語有一個詞叫「隠れ家」，就是說你有一個別人看不見的、隱藏的屋子，可以躲在裡面，從裡面去窺探、旁觀社會實像，再轉化為文字，於是現實的重量就不會那麼重，所以就變成了某一種幻想。你要從這裡去理解川端康成的《雪國》，那種絕美的意象，就是對現實一種耽美的抽象化。

這個時代的日本作家中，最渴望在藝術當中發現逃離現實之道的，其實不是耽美派，而是芥川龍之介。日本頒給純文學作品的文學獎就是芥川賞，可見芥川二字對日本而言就是純文學的代表。他在自傳體小說〈某阿呆的一生〉之中有一句名言，說「人生還不如一行的波特萊爾」，徹底表現了他的藝術至上論。他完全受到西化的影響，所以對日本舊道德毫不關心，覺得乃木大將殉死是一種野蠻的行為，一點意義都沒有，而比他早一點點的白樺派公子哥那一套，則是天真的兒戲。我想，他應該早於太宰治，早於三島由紀夫，注意到美不等於善，美跟惡之間有共犯關係。白樺派這些純真的年輕人會相信真善美，但對芥川來講，沒有惡魔的協助就沒

昭和時期

一九二六

大正十五年・昭和元年

川端康成〈伊豆的舞孃〉刊載在他主導創辦的新感覺派同人誌《文藝時代》。

十二月二十五日之後為昭和元年。

一九二七

芥川龍之介（一八九二——一九二七）自殺，同年發表〈河童〉，及遺作〈某阿呆的一生〉、〈西方之人〉等。

有辦法創造出吸引人的事物。他最有名，但也最驚心動魄的一篇小說就是〈地獄變〉。故事講述畫師良秀要畫地獄圖，但地獄是什麼樣子，畫家不能單憑想像去畫，於是他要求觀看人遭到焚燒之苦的樣子。佛教講入地獄，說會被烈火焚燒，於是要畫地獄，就要看到人被燒的樣子。結果他的主君竟然把良秀女兒抓過來，活活在他面前燒死，良秀觀看女兒被燒死的景致，而畫出了地獄圖的最高傑作，完成作品第二天，他就自縊而死。芥川所傳達的教訓就是藝術不是開玩笑的，不是兒戲，人生不可能是戲劇，痛苦真實的存在，藝術是無法救贖的。相反的，藝術必須要贖罪，作家對於自己筆下描寫人物的痛苦，必須要自己親身去感受；所謂作家，要自己通過不幸來接近真實。這個體悟讓芥川龍之介對於藝術至上論的樂觀態度開始動搖，他知道原來我們根本不可能跟人世間保持距離，所以一九二一年之後，芥川的作品都開始反映這個態度。對他來說，藝術就彷彿是一幅地獄圖，是熊熊燃燒的火焰，要求作家用生命當燃料，所以近代藝術說追求真實的要求，基本上是對藝術永不饜足的探究，把藝術家導向死亡的深淵，是極度危險的探究。一個真誠的藝術家要追求藝術極致的時候，他可能要走到最危險的境地，必須要犧牲自己的生命，要用自己去獻祭才能夠完成藝術。芥川龍之介這種思考看似非常極端，但我想這是非常真實的體悟，所以芥川才會被認為是日本純文學的代表。

每個面臨要自我了結生命的作家都會面臨一個困境，不管是哲學的困境、藝術的困境還是實踐的困境。那怎麼辦？芥川的出路在哪裡？他不信基督教，但因為非常西化所以又沒辦法接受東方宗教，無法獲得救贖。（每次我讀到這裡就會想到我自己的處境。生而為臺灣人，活在臺灣是一件拚命的事，所以我常常希望櫃子裡面藏著一個上帝，回家可以偷偷跟上帝講話，可惜我沒有找到上帝，因為我沒辦法信仰宗教。）芥川的最後作品是用耶穌當作主題，這個耶穌不是神而是人，他把耶穌描寫成一個悲劇的知識分子，藝術靈感之子，跟偽善的法利賽人爭鬥，最終敗北，敗北的時候他說「**神啊神啊，你為何拋棄我？**」（〈西方之人〉）芥川這段話彷彿是字字血淚地寫下自己的遺言。死前數個月，當他的不安日益加深，開始吃安眠藥，精神危機最嚴重的時候，他反而很清醒地看著深淵，這段時間成為他最多產的一個時期，不停地寫，一直到死亡，最後這些作品就是他的遺書。他曾寫一篇手記給一位舊友，敘說他為什麼要自殺。他對自殺有很多考量，非常計較自殺的時候要乾乾淨淨，不能髒，也不斷在檢討自殺的各種方法，但對自殺的動機卻只有一句話——他說他心中只有「茫漠的不安」，也沒有辦法解釋。芥川非常喜歡伏爾泰，伏爾泰曾經對著想要死的人說，你如果要死就去死，但對人類精神有益的話，你們要用自己的哲學語言，把想死的原因寫清楚，留給後世。所以芥川在死前寫了很多作品，很大程度是受到伏爾泰的影響。不過他還是講不清楚自己死亡的動機，他的手記收錄在這本自殺文學選《自殺ブンガク選：名文で死を学ぶ》之中，我讀的時候感觸很深。他說他心中感到茫漠不安，想要用「末期之眼」來觀看熱愛的自然。他死前寫〈河童〉，嘲諷地寫到兩個河童在對話，說最近聽到了一個關於人世間的傳言，有一個河童說，聽說最近詩人德克已經自殺了，另外一個河童說，對啊，因為他長期有胃病啊，另外一個說，所以容易憂鬱啊，另外一個說，做詩人很累啊，另外一個說，可憐啊，他沒有宗教信仰啊。

芥川之死意味著大正結束，昭和開始，如同乃木之死象徵著明治的結束，大正的開始。當時對他的死亡有很多評論，在這邊要介紹的是一種很強烈的批評。大約在昭和前期開始，出現了一種新的文學運動叫普羅文學，基本上是馬克思主義的文學。普羅文學的一個年輕小說家宮本顯治，戰後當過日本共產黨委員長，他的妻子是很有名的左派女作家宮本百合子。他批評說，芥川之死是小布爾喬亞階級的敗北，這個階級被歷史宣告死亡，不斷敗退，最後只剩下自殺跟虛無主義的意識形態而已。他說芥川的茫漠不安，不過是布爾喬亞失敗主義的徵候而已。可以不問善惡，追求藝術至上的人，其實只是這個階級敗北的受害者，追求藝術至上主義跟反道德主義、虛無主義，都是布爾喬亞階級敗北的徵候。唯一出路是什麼？從一個左派作家的角度而言就是政治，也就是無產階級革命，只有革命跟社會改造才能夠徹底根治自殺病。所以從左派角度，會認為自殺的根源常常是社會出了問題，要解決問題一定要推動無產階級革命。昭和初期，日本的知識分子為了要從芥川之死的困境走出來，不要為「芥川病」，也就是所謂「茫漠的不安」所侵襲，紛紛積

一九二八

三一五事件，田中義一內閣搜索當時非法的日本共產黨，逮捕一千六百餘人。

極投入馬克思主義運動，想透過現實主義路線來擺脫理想主義的困境。這個想法風靡了整個日本知識界，直到三〇年代初期。

小林多喜二《蟹工船》（一九二九）的出現代表了普羅文學的顛峰，不過這條路線後來也走到盡頭。蘇聯未來派詩人馬雅可夫斯基本來很親共產黨，在俄國革命過程寫了很多支持革命的作品，但是他卻在一九三〇年，三十七歲的時候自殺，抗議蘇聯的極權主義，因為那時候蘇聯政府日益干涉文化事務，並且提出一種稱為「社會主義寫實主義」的官方路線，試圖取代所有文藝思潮。馬雅可夫斯基的自殺震撼了很多日本的左翼知識分子。另一方面，一九三一年爆發了滿洲事變（即九一八事變），日本軍國主義抬頭，政府開始鎮壓左派思想。日本戰前有一種特務組織叫作「特高警察」，專門管思想的，他們開始大力鎮壓日本的左派知識分子。特高警察不是像現在香港警察暴力型的，或者像臺灣過去的警備總部會把馬克思主義跟馬克吐溫弄混淆，他們都讀得懂馬克思主義，所以他們逮捕了包含河上肇在內的許多第一流的左翼知識分子，並且會在監獄裡面不斷跟他們辯論，施加各種精神壓力，後來竟然出現一批左翼知識分子在獄中集體「轉向」的風潮，也就是集體在獄中宣告放棄共產主義。在日本思想史上稱為「轉向」，是非常有名的思想公案。所以自殺不完全出於個人因素，有時候跟時代有很密切的關係。你可以看到，芥川龍之介走向藝術至上，等於為藝術殉道，但卻被左派青年嘲笑，然而左派青年想要走革命道路，卻也遭到國家鎮壓，沒有出路，最終甚至一群人集體宣告放棄信仰。連日本馬克思主義之父河上肇都公開說，我還是維持馬克思主義信仰，但今後不再從事任何實際活動。這是轉向風潮最戲劇性的一幕。

滿洲事變爆發時，日本社會陷入非常苦悶的氛圍之中，這時候在思想界出現一個很有趣的現象。丹麥存在主義哲學家齊克果有一個想法叫「不安的哲學」，因為他非常質疑人的理性，覺得人是脆弱的，不安定的。當時在日本有一本書非常流行，作者是杜斯妥也夫斯基和尼采的研究者舍斯多夫（Lev Isaakovich Shestov），他受齊克果的影響，深信人的理性是脆弱的，人的內在是不安的。他這本書叫作《悲劇哲學》，一九三四年被翻成日文，風行一時。京都學派的三木清也是一個轉向的左派哲學家，他

一九二九

四一六事件，再次搜捕日本共產黨，共四千九百餘人，包括臺共。

小林多喜二〈蟹工船〉發表於雜誌《戰旗》，後曾被以不敬罪、治安維持法起訴。

太宰治因困擾於階級問題，第一次意圖服安眠藥自殺。

一九三〇

前蘇聯未來派詩人馬雅可夫斯基開槍自殺。

太宰治第二次意圖自殺未遂，與之投河殉情的田部目津子則死亡。

一九三一

滿州事變（即九一八事變）。

也在此風潮中寫了一篇名文〈不安の思想とその超克〉。就是在這種充滿了不安跟焦慮的哲學思潮下，日本又出現了一波自殺潮。

在比較庶民與大眾的層次上觀之，這個時期剛好就是所謂的「昭和恐慌」期，一九二九至三〇年代，世界經濟大恐慌影響到日本，造成大批銀行、公司倒閉、農村破產、饑荒盛行。昭和恐慌下極度的社會不安，反映在大眾文學之上，出現了一些很奇妙的現象。一九三〇年代初期，最有名的一種文學風潮是「エロ・グロ・ナンセンス（ero-gro-nonsense）」，ero 就是 erotic，情欲的，gro 就是 grotesque，獵奇的，而 nonsense 就是荒誕不經的。換句話說，恐慌的大眾社會在這種怪奇文學裡面尋找安慰與逃避的出路。這種文學風潮有好幾種類型，例如所謂的情色文學、怪奇文學，包括偵探小說與科幻小說，偉大的日本偵探小說之父江戶川亂步就是在這個時代崛起。情欲小說大師谷崎潤一郎在這個時代也是特別紅。政治上，日本每況愈下，法西斯主義興起。一九三〇年代日本政治發生了兩個重大事件，一個是一九三二年的五一五事件，海軍的青年將校暗殺了反對滿洲國建國的犬養毅首相，其次是一九三六年的二二六事件。二二六事件是近代日本知識分子精神上的巨大創傷，三島由紀夫受到二二六事件非常大的影響。兩次法西斯政變雖然都失敗，但日本政治從此一路往下，終於走上戰爭之路。戰爭的爆發又轉移了社會內部的自殺願望，但卻轉向了軍國主義式的集體自殺，所以日本傳統的那種自我犧牲的獻身，在戰爭期間徹底被極端的國家主義者所挪用跟濫用。

體現戰後的廢墟與病徵

戰爭結束了，日本戰敗了，接下來日本文學史登場的是「無賴派」的代表太宰治。二次大戰戰敗之後，日本不僅國家成為焦土與廢墟，連戰前信仰的一切價值，在一夜之間都崩潰了，由戰勝國的價值觀取而代之。到一九四五年八月十五日為止的日本，信仰的是一整套天皇意識形態，然而一夜之間，麥克阿瑟取代了天皇。最具象徵性的事件，是昭和天皇發表了〈人間宣言〉。天皇為什麼要說我是人？因為天皇以前是「現人神」，但現在占領軍總司令

一九三二
五一五事件，日本海軍刺殺首相犬養毅。
小林多喜二遭特高警察逮捕，訊問後發布其因心臟麻痺之死訊。

一九三三
太宰治在同人誌《海豹》上發表〈魚服記〉。
舍斯多夫《悲劇哲學》翻譯成日文。

一九三四
菊池寬創辦純文學獎項，命名為「芥川賞」。

一九三五
太宰治第一次於非同人誌的《文藝》雜誌發表〈逆行〉，入圍第一屆芥川賞。同年第三次意圖於鎌倉自殺未遂。
川端康成〈雪國〉開始陸續於各雜誌上刊載。

麥克阿瑟命令他說，你要公開跟大家說我只是一個人。天皇這篇宣言象徵了舊價值的全面崩解，戰前以天皇為核心紐帶形成的日本共同體，幾乎就這樣解體了，而就是在這個時候，最黑暗的時代來臨了。日本的戰後民主派知識人喜歡強調「8·15」是日本重生的時刻，但歷史事實並非如此單純。日本人並沒有在戰敗、開始民主化以後，就馬上看到未來的希望之光；相反的，大家陷入了徬徨，因為從明治維新到一九四五年，過去這八十年的時間裡面日本人所信仰的那套東西，在一夜之間冰消瓦解了。所謂「戰敗國」的意思不是只有軍事上戰敗而已——戰敗國連精神都戰敗，連自我認同都瓦解了。我們要在這個脈絡去理解太宰治。

戰前日本人的精神長期被禁錮在丸山真男稱之為「超國家主義」（ultra-nationalism）的那些大論述，像大日本帝國、大東亞、世界史這些概念之中。然而日本敗戰後，他們突然之間從這些大的架構跟論述被釋放出來，這個時候日本人意識到，沒有那些偉大的幻象，世界變成一片虛空，什麼也沒有，而只有在荒原一樣的世界裡，日本人才開始面對真實的自己。就在這個時候，另一個無賴派作家坂口安吾，寫了一篇很重要的長篇論文《墮落論》，成為時代的注腳。他說：「日本戰敗，武士道滅亡，人才開始從墮落這個真實的母胎中誕生。活著吧！墮落吧！除此正當程序之外，還有真正能挽救人的捷徑嗎？我不喜歡切腹。」他也談到了六、七十歲的皇軍將領兩手被綁，帶到法庭的景象。在東京大審的時候，這些過去不可一世的將軍們，非但在戰敗時沒有切腹自殺，反而投降成為俘虜，被美軍成串地綁在一起，送到法庭上受審。安吾看到如此壯觀的人間圖像，馬上就知道日本輸了，而武士道也亡了。用他的修辭來說，此時唯有在「墮落」這個真實的母胎當中，人才會真正誕生。所謂「墮落論」的意思就是，日本要從過去崇高的天皇意識形態裡面徹底解放出來，跌落到人間，重頭開始，所以對日本人來講，日本戰敗反而是一個好事。

日本自平安朝以來，整整一千年來都是武士階級支配，戰敗之後武士階級的支配瓦解，日本社會從武士階級的支配裡面解放出來，但這個解放感同時也出現凋零跟混沌感，給人心帶來沉重的壓力。人們不知道未來會是什麼樣子，因為現在也沒有現成的秩序，想要活著就得要摸索未來的出路，然而

一九三六
二二六事件，日本近代史上最大的一次叛變，陸軍主張天皇親政的「皇道派」對反對的「統治派」要員進行刺殺，最後以失敗收場。

一九三七
太宰治〈二十世紀旗手〉發表於《改造》雜誌。太宰治第四次意圖自殺，情人小山初代出軌，兩人「心中」未遂，後分手。

川端康成《雪國》單行本出版。

一九四五
八月十五日日本戰敗，宣布投降。

一九四六
正月一日昭和天皇發表了詔書〈人間宣言〉。

坂口安吾於《新潮》雜誌發表〈墮落論〉，同年底又發表〈續墮落論〉。

到底出路在哪裡，也沒有人知道。於是文學界就出現了一批直接標榜虛無主義的作家群，他們想要給予這個令人困惑的情感一個造型，這就是所謂的「無賴派」。無賴派中最有名的當然就是太宰治，此外坂口安吾，寫《火宅之人》的檀一雄，還有織田作之助，都屬於所謂的無賴派。太宰治這時候的一句話，大概總結了這批無賴派作家當時的心情。他說：「思想？謊話。主義？謊話。理想？謊話。秩序？謊話。誠實？真理？純粹？全部都是謊話。」在戰後廢墟般的情境當中，出現了一批在黑暗當中尋找出路的一群人，他們就是無賴派。

當然，無賴派不是唯一的一群尋找出路的作家，另外還有一個重要的作家群體叫「戰後派」，如野間宏、武田泰淳、埴谷雄高、椎名麟三等，這些戰後派作家很多曾經在二次大戰從軍，於是在戰後產生很強烈的反省，但今天不談這個。

關於太宰治的作品，Pinguet 教授做了如下評論：「藉由把自己當成時代病態的症候，藉由投身於時代的潮流之中，藉由使自己的絕望與全體國民悲嘆的調性合一，太宰治的作品產生了難以類比的深度與迴響。」現在讀太宰治，你根本不會知道為什麼他會這麼紅——哪有一個人一路都那麼悲慘，自殺、酗酒、吸毒，被送到醫院，一輩子都在做奇怪的事情，為什麼他會那麼紅？因為他幾乎是用個人生命去體現了日本國民共同經歷的時代。所以有人說，他是用自己的生命演出自己的文學，他的生命跟文學反映了時代的頹廢跟絕望，同時也是時代頹廢跟絕望的一部分，所以激起很大的迴響。

Pinguet 接下來的評論更精采。他說太宰治作品裡面那些墮落不幸的人物——不要忘記他的作品百分之八、九十都是自己的傳記——彷彿像是掉進地獄的地藏一樣，具有某一種救贖的意義，所以符合那種拯救一切有緣無緣眾生之淨土宗的教義：無論是多麼卑微墮落的人，只要他承認自己是這樣的人，就應該獲得拯救。（讀到這段之前，我從不知道太宰治有淨土宗的救贖意義，也從不知道原來太宰治具有地藏菩薩的精神，這個評論真有如醍醐灌頂，為我解除了多年的困惑。）確實，太宰治所有的作品，從頭到尾都在說，我就是這樣的人。他在〈二十世紀旗手〉裡面那句令人不解的名言「生まれて、すみません。（我出生了，很抱歉）」，放在這個詮釋中，意義就變得再清晰也不過了。

一九四八

太宰治第五次自殺。

●**太宰治**（一九〇九——一九四八）本名津島修治，出身青森縣仕紳家庭。中學時期開始於同人誌發表作品，景仰芥川龍之介、菊池寬之輩，因此芥川的死使他深受打擊。經歷四次自殺未遂，最後與山崎富榮投玉川上水，一週後太宰治生日當日，遺體被發現，年三十八。

一九四九

川端康成〈千羽鶴〉、〈山之音〉開始斷續在各雜誌連載，〈千羽鶴〉直到一九五一年秋天連載完畢，獲得日本藝術院賞。

我們可以從「生まれて、すみません」這句話，把討論帶進太宰的個人脈絡之中。和白樺派那些文壇前輩一樣，太宰治也擁有一個錯誤的階級背景。他出生在津輕的商人與大地主家庭，父親還當選過貴族院議員。他的小說《斜陽》，在某個意義上就是在寫自己家庭這個沒落的貴族院背景。他從小受別人照顧，很渴望母愛，好像一生都懷抱著強烈的疏離感跟寂寞。我不太確定他老是要找個女生一起去殉情是什麼意思，不過可能跟寂寞有關。他在讀弘前高校的時候，曾經一度左傾，左到竟然去告發自己家裡，他也差點被特高逮捕。在東大法文科的時候，變成馬克思主義的信仰者，參加過共黨的組織活動，也曾經試圖創作普羅文學，事實上我們剛剛描述的那些歷程他都試過，但全部都失敗，後來他就完全脫離政治活動。這是我們常常見到的富家公子試圖反叛出身階級，經由政治活動跟政治文學的創作，最後幻滅的過程。最終，他就用自身的墮落、酗酒、麻藥中毒、肺病，用他自己講的「人間失格」的作為與作品，來徹底背叛自己的階級。他後來麻藥中毒被送去強制戒毒的過程，讓他覺得自己喪失做為一個人的資格，那都是真實的經歷。

太宰高中就開始創作，崇拜芥川龍之介，知道芥川自殺的時候很受震撼，所以他也有一種對死亡的美學憧憬。他對死亡的美學憧憬，表現得最美的一篇是〈魚服記〉，一個寓言般的故事。在一個瀑布旁邊有間小茶店，爸爸帶著十三歲的女兒在賣點糖果等，爸爸每天還要燒炭，送去村莊賣。有一天下雪夜，有個非常微妙的象徵，可能是小女孩被性侵了，之後她就逃出家門，一路走在風雪之中，然後掉進瀑布，突然間她發現自己變成了一隻小魚。故事的最後一幕，就是講說那個小魚慢慢被捲進漩渦之中。太宰治曾經多次表示，非常渴望一種在躺在綠蔭遮掩下的陰暗水底的感覺，後來他自殺的地方在東京郊區玉川上水，死的地方就是綠蔭下的水中。他連最後的自殺，也在演出他自己。

太宰生涯一共自殺五次，最後一次山崎富榮跟他一起「心中」成功，地點就是在玉川上水。太宰治的自殺影響很大，引發了一波文學青年的自殺潮，當時有青年自殺，枕頭底下放的是太宰的作品。他有一個無賴派的弟子叫田中英光，在太宰治死了以後，覺得被老師背叛，就跟著自殺了，自殺的時候留下遺書，稱自己是太宰治的弟子。

一九五二

川端康成《千羽鶴》單行本發行。

石原慎太郎在《文學界》雜誌發表〈太陽的季節〉。獲得文學界新人獎，隔年獲第三十四屆芥川賞。

一九五〇年代接著又出現一波青年自殺潮，數千名青年在一九五〇年初期自殺，但這一波跟太宰本人沒有直接關係——或者我們應該說，太宰自殺有他個人的原因，但太宰自殺的時代背景，也就是日本的敗戰，確實和這波自殺潮有關。關於一九五〇時代的自殺有研究指出，自殺者大多是一九三〇至一九三五年出生，終戰的時候大概十歲上下，很多是戰中期成長的「軍國少年」。藤子不二雄就畫過《少年時代》，講述他們是軍國少年的故事。這些前軍國少年無法忘記戰前那個悲劇的英雄主義時代，無法接受戰敗的失望與幻滅，也無法接受日本經濟雖然起飛，但是社會一切虛無，一切渺小化，一味追求個人利益使意義感完全喪失，最終導致自殺。有人說這個世代是對戰前日本的殉死。前東京知事石原慎太郎也是個非常有名的小說家，他在一九五〇年代初期寫了一本暢銷書《太陽的季節》，描寫一批不良少年到處惡搞的故事，這批犬儒虛無的青年就是在描述那個時代。當時媒體發明了「太陽族」這個名詞，用來描述五〇年代初期那群非常虛無，喪失了任何意義感，到處橫衝直撞，甚至犯罪的日本青年。

為日本的美而活

三島由紀夫跟川端康成這兩位在七〇年代用不同方式自殺的案例，其實可以說是戰後初期文學自殺的遲來個案——某個意義上我們可以說他們「苟活」了二十幾年，在一九七〇年代才自殺。三島由紀夫的自殺，至今已經有太多解釋，我就不再贅述。

不過有一個比較新的講法，非常奇特，容我在此介紹一下。一般而言，我們都同意三島的自殺不是政治的，是純美學的。雖然三島表面上說是為了天皇，自己組了一個私人武裝部隊「楯の会」，還模仿二二六事件，跑去自衛隊的地區總部脅持司令，要求自衛隊起義，搞軍事政變，想要修改憲法，讓天皇直接統帥軍隊——雖然這一切看起來都很政治，但其實背後跟美學有很大的關係。這個比較新的講法，是京都大學社會學家大澤真幸所提出的。[4]他認為三島由紀夫，看起來在搞軍國主義，其實根本並不關心政治，戰前也不算軍國少年，對戰敗也沒有強烈感覺，所以後來對天皇的擁護完全是美學的，而不是政治的。三島寫過一篇文章〈文化防衛論〉，認為日本的文化體制是一種做為文化象徵的天皇，

一九五六 三島由紀夫〈金閣寺〉開始在《新潮》雜誌連載，並獲得讀賣文學獎。

一九六一 川端康成〈古都〉開始在《朝日新聞》上連載。

檀一雄〈火宅之人〉開始在《新潮》雜誌及多本刊物上連載，不久後中斷，遲遲未完成。直到一九七五年，檀一雄得知自己得了肺癌將不久於人世，才開始續作〈火宅之人〉，最後一章在病床上口述完成，成為遺作。

④大澤真幸，《三島由紀夫・ふたつの謎》（東京：集英社，2018）。

天皇是一種美，傳統意義中神話一般、像詩一般的天皇，是日本的所有美學元素，包括侘寂（わび・さび），還有風雅（みやび），這些京都式美學的核心概念，這一切都以天皇為中心而結合在一起，天皇做為一個神跟神話般的存在，事實上是貫穿了整套日本文學。所以日本的天皇不可以成為「人間」，因此戰後的〈人間宣言〉等於宣告了日本美學的全面崩壞。三島所想像的天皇不是真實存在的天皇，而是那個「化為白鳥」的天皇。他用了非常多的美學比喻來描述天皇。戰後作品像是《金閣寺》或《午後曳航》，都在描寫不惜以暴力摧毀，也要阻止美的崩壞。換句話說，當你看到天皇這個象徵即將崩壞，你必須要阻止這個崩壞。所以「金閣寺」也是天皇。在後來的《英靈之聲》跟《憂國》，他認為戰後天皇的〈人間宣言〉背叛了所有在戰前效忠天皇、熱愛天皇殉死的年輕人。他的《豐饒之海》四部作《春雪》、《奔馬》、《曉寺》、《天人五衰》，有一個很重要的矛盾，就是自我否定跟虛無。《豐饒之海》的每一部看似環環相扣，主人公松枝清顯在其中不斷的輪迴，可是到了最後《天人五衰》的那個輪迴卻是假的，這意味三島到最後否定一切的幻滅——受到佛教唯識宗的影響，最終他認為他心中追求的美學，他所看到的世界，這一切都是假的。所以三島由紀夫一生的美學，他的「豐饒之海」，表面上稱為「豐饒」，但這個名稱是來自月球表面的一個海 Mare Fecunditatis，但月球表面是沒有水的，因此豐饒之海其實是一個乾枯的海，而乾枯的海象徵著一切的乾枯，一切的虛無。小說最後一幕，主角本多跑去找松枝清顯最早的戀人聰子，她已經出家六十年了。本多跟聰子說，我想最後再見到妳一面，結果聰子竟然回答：「你是誰？誰是松枝清顯？我完全不認識他。」在最後一刻，本多發現他來到一個地方，這個地方已經沒有任何記憶，一切虛無。小說全書完稿後當天，一九七〇年十一月二十五日，三島就衝到自衛隊搞「政變」了。為什麼會這樣？他整個美學最後走到一條道路，這條道路顯示他一生追求以天皇為象徵的日本傳統的美，但這個美卻已經被毀滅，他的小說裡面也預示了這一切都無法再挽回，那為什麼他還要去做那些愚昧的事情？為什麼要跑去演這齣鬧劇？大澤說，因為三島最終還是無法接受這一切虛無，無法接受天皇不存在，無法接受日本的美不存在，

一九六二 川端康成〈古都〉年初連載完畢，六月發行單行本。

一九六五 三島由紀夫最後的長篇《豐饒之海》第一卷〈春雪〉開始於《新潮》雜誌連載。

一九六七 三島由紀夫《豐饒之海》第二卷〈奔馬〉開始連載。

無法接受他心中那個美的理想已經不存在了，於是用看似荒謬的個人行動，找幾個大學生帶幾把刀去自衛隊前面，請大家跟他一起起義。但是他又沒有麥克風，講話很小聲，講話的時候下面的自衛隊員在嘲笑他，受盡嘲笑之後，三島坐下來就切腹自殺了。這是一個完全荒謬的行動，但對他而言，除此之外他已經沒有其他辦法了。換言之，他用看似荒謬，其實是最絕望的方式來表達，他不願意接受天皇消失，不願意接受他要的那個美學體系的消失。

時間超過許多了，所以關於川端康成之死我只說幾句話。川端到底是不是自殺的？有人認為說，他在熱海的旅館開瓦斯自殺，可是也有人說其實他是因為忘了關瓦斯而窒息死亡。我們並不知道真實到底是如何，但這並不重要，因為對川端而言，他的積極的生命早就終止在戰爭結束，目睹「國破山河在」，舊友亡故的那一刻了，整個他活過的二十七年戰後，都是餘生。他自己也反覆如此發言：「我的生命還沒出發，就已經如此結束了。……我已經是一個死者，除了哀愁的日本之美以外的事物，今後將一行也不會寫了。」此後二十七年，持續探究哀愁的日本之美，成為一個實質的死者。他的美學在戰前已經大體完成（《伊豆的舞孃》、《雪國》），整個戰後的作品（《千羽鶴》、《山之音》、《古都》），都是在對那個逝去的昨日的世界的致哀，或者反覆深入地咀嚼、演繹。

因此，川端之死儘管無法確定原因，但其實文學界都不意外，因為川端早就在自己的作品中處處呼喚死亡了。也因此，他的死亡幾乎和他的文學一樣的自然（彷彿就像《雪國》裡面，島村離開以後，駒子一個人安靜地在山裡面朽壞一般，沒有痛苦，像是回歸自然一樣），完全看不到三島那種自我實現的刻意追求自我破壞的情感。

總之，川端戰後所有的生命，都是以死亡的狀態活著，他只為了維護、重現戰前他已經「發現」而被日本浪漫派所極力頌揚的，那個固有的、永恆不變的日本的美，只為它而活。他在一九六八年獲得諾貝爾文學獎時寫的講稿〈日本的美與我〉，就是一篇日本之美的遺書。對他而言，戰後的時間已經停止，他早就是步入實質的死亡，不管他是自殺，或者意外死亡都沒有關係，因為終究他是為了他的日本，戰前的日本，永遠停駐在他心中的美而殉死。就此意義而言，川端康成之死，也可以說是一種極

一九六八

三島由紀夫組織私人武裝部隊「楯之會」。《豐饒之海》第三卷〈曉寺〉開始連載。

川端康成以《雪國》、《千羽鶴》、《古都》等作品獲得諾貝爾文學獎，也是日本第一位諾貝爾文學獎得主。

一九七〇

三島由紀夫（一九二五——一九七〇）十一月二十五日實行政變計畫，前往自衛隊脅持司令，號召起義，失敗後當場切腹自殺，年四十五。《豐饒之海》最終卷〈天人五衰〉七月開始連載直至隔年一月。

度藝術的自殺形式。

國家的形成包含了生與死

最後，讓我做一個結論。其實，我今天還沒有想到該怎麼結論比較好，我只有一個很初步的想法。近現代日本文學史上出現的這些自殺的故事，從北村透谷一直到川端康成，在某個意義上其實都是現代日本形成的一環，從這些個案中幾乎都可以看到文學家對日本現代國家形成的不同階段，在精神層次的回應、反省，或者是他們的受困。日本做為一個民族國家的形成，是一八六八年明治維新以後的事，因此它還是一個年輕的國家，這個國家的形成是「生」，但是一個國家形成的生跟死是一體兩面的，國家的形成本身包含了生與死。

所以我們可以看到，整個近現代日本文學當中的這些自殺，某個意義上是這群日本的知識或文化菁英，在近代日本形成的過程當中，跟近代日本共同誕生，共同苦惱，共同承受歷史的各種波折之後，不斷在追問的一個問題——就是什麼叫作「日本」，什麼叫作「日本人」。而透過這種閱讀過程，我們得以理解到日本認同的厚度跟深度。換言之，我們是透過死亡去理解自我——透過日本文學的死亡，去理解日本的形成。

對於臺灣而言，日本既近而遠。在近現代史上，日本與臺灣關係密切，可以說是相互形成——日本形成臺灣，而臺灣也形成日本，尤其是日本對臺灣影響非常深。然而日語世代已經凋零，我們現在對日本知道很少，除了通俗文化、觀光跟消費之外，大概都一無所知。這其實也不奇怪，因為臺灣對自己都不太有興趣了，不大可能會去理解日本。不只如此，對自己也不瞭解的情況下，現在又好像想要去做別人。身在夾縫之中的臺灣人，對自我跟主體並不執著，他們比較執著的是現世的物質利益，所以我們剛剛在討論的這一切，對於臺灣人而言或許沒有太多意義。執著於現世的物質利益的臺灣人，對死亡沒有什麼深刻的思考，更不要說什麼「意志的死」了。當然有少數的例外，例如說我們這裡確實存在著一個微弱的傳統，像我們一開始講的小加圖一樣，堅持尊嚴、榮譽感跟價值。這個人是鄭南榕，他的死亡在臺灣這塊精神的荒地上，留下了一

一九七二

三島過世後十七個月，川端康成（一九二五——一九七〇）被發現在他的工作室死於煤氣中毒，年七十三。

個殉道的種子。最後，讓我如此作結。如果看日本、想臺灣，你會發現我們對臺灣認同的理解，我們對自我的理解其實還非常膚淺，「臺灣人」的形成還在一個很早期的階段，除非能夠像日本這樣深入理解自己靈魂的幽暗之處，我們不能說臺灣人已經完成。所以臺灣人是一個未完成的民族，需要更多的努力，更多的受苦，跟更多的反省。讓我們一起努力，謝謝大家。

歷史在呼嘯

哀愁及創造性的根源

A Whistle in History:

the Origins of Sorrows and Creativity

以文學介入歷史

非虛構書寫的意義

蘇碩斌

現任國立臺灣文學館館長、臺灣大學臺灣文學所教授。戶籍在臺北，出身於臺南，原修讀社會學，現任教文學所。研究都市、觀光、媒介，日常以三餐、甜點及咖啡為主節奏而往復前行，最近在思索文學如何介入社會，順便期待後現代的人類解放。

如何寫歷史？在近年臺灣的歷史議題出現不少「非虛構書寫」崛起於書市的脈絡，這個問題應該轉換為：文學能否寫歷史？文學如何寫歷史？

書市的「非虛構書寫」作品，強調根據真實存在的人、事、物展開，因為寫作技巧不俗而好看易讀，因此也開創不少社會議題、甚至引發人性共鳴。在歷史著作之中，「非虛構」若是指材料的特質，那麼「書寫」究竟是何意義？難道只是筆調優雅、行文流暢？

或許，應先檢視一般刻版印象對於「好的歷史著作」與「好看的歷史著作」的定位鴻溝。例如刻版印象會認為，史實正確性，只有學術界的史學專書會遵守；精彩可讀性，則是品評人物、宮廷戲碼的通俗作品之長項。兩端間的鴻溝，也被簡化為二元對立：拘謹考據 vs. 奔放想像、史學專業 vs. 文學創作、事實 vs. 虛構……。

刻版印象，其實有改正的必要。「文學」寫歷史，並不等於坊間以腦補、玄想方式編造的穿越劇，而是另一種擁有文學技巧、結合歷史知識的新隊伍。乘著這一波「非虛構書寫」的風潮，應有必要深刻再思考：在臺灣書寫歷史的意義、以及書寫的方法。

／

專業的歷史研究者，幾乎都要求客觀面對歷史材料、客觀書寫歷史事實。但歷史研究的「客觀」是否等於自然科學的客觀？並不是，至少要注意兩點。

第一，要注意歷史研究的對象之特殊。歷史是過去發生、獨一無二、不再重現的事件。如希臘哲人赫拉克利特（Heraclitus）格言「一個人不會兩次踏進同一條河」，再一次踏進河流去掬取歷史之水，當然不是真相重現、現場重建。

這種想法並不是鼓吹諸法皆空、極端虛無的態度，而是要自我提醒：必須謙卑承認人對於歷史重現的無力，否則，歷史詮釋即成暴力。

第二，要注意研究立場之問題。寫歷史的人都有不同的生命經驗，總有價值判斷。因此，若堅持歷史研究有單一客觀的答案，其實只是隱蔽了自身的價值和立場。「集體記憶」（collective memory）這個一百年前由社會學家阿布瓦茨（Maurice Halbwachs）提出的社會理論，就遵循涂爾幹（Emile Durkheim）「社會大於個人總和」之思考原理，主張社會所有人的個人記憶，都受到更大的記憶框架所規約。安德森（Benedict Anderson）等民族主義研究者也是這麼想，把現代國家形容為「想像的共同體」，揭露政府都在濫用歷史記憶導引術，編造一個集體的過去、輸入國民身體，成為自願的個人記憶。

所以，歷史不可能純粹客觀。歷史事實，由歷史書寫所呈現。寫歷史的「當代人」反而是構成歷史的重要成分。當代史（contemporary history）的基本概念就是：與時間軸的「當代」緊密相連、並置在社會的現存記憶（living memory）之中的歷史。

舉例來說，臺灣社會的日本時代、白色恐怖等……，這些看似已然過去、蓋棺論定的事，經過重新書寫，屢屢造成議題，激烈挑戰當代人的集體情感。「戰爭」更是一個歷史遭到國家機器荒謬操控的案例。

一九四五年二次大戰後幾乎四十年時間，因為「中華民國在臺灣」，政府必須處心積慮遮掩「臺灣不在中華民國」。臺灣一八九五年起，有半世紀遭受殖民壓制，但同時思想啟蒙、生活摩登的「日本時代」，幾乎整個被失憶掉。戰後出生而且乖巧跟隨學校教育成長的人，置身在社會口徑一致、家裡不敢多言的情境下。

國家的歷史教育，對於臺灣的記憶塑造，功勞卓越。在一九九九年課綱修正以前教科書中，臺灣二次大戰史是簡單的正邪二端：「我國」是堅守正義的中國、盟友是無辜波連的美國、敵人是萬惡引戰的日本。在這種「八年對日抗戰」的史觀下超展開的臺灣學子，一旦被問起「一九四五年五月底誰對臺北大空襲」？熟讀課本者的膝反應必定回答「仇敵日本」。

一九四五年日本轟炸自己的殖民地臺灣？這個荒謬陳述，確實曾經以客觀「真理」的方式存在很長一段時間。我們雖然不可能獲得純粹客觀的歷史，但至少應該努力祛除集體性扭曲造成的「偽客觀」吧！否則，如果寫歷史的人都宣稱重回現場、重建真相，那麼，記憶勢必繼續對立、社會也不可能和解。

文學寫歷史，就試圖回應這個問題。

著名的歷史學者懷特（Hayden White）曾深入討論文學與歷史的關係。他有篇文章標題取作〈歷史文本若文學人造物〉（The Historical Text as Literary Artifact），後來也被簡化為一種口號「歷史若文學」！

可不要以為懷特說歷史若文學的「文學」是在譏諷研究者「把歷史寫成小說」。真的不是。懷特引進文學來考察歷史學，也不只是呼籲寫歷史要好文筆、重修辭；他是借由寫小說的「敘事學」找到寫歷史的 fiction 成分——是小說、也是虛構。

懷特一九七三年成名作《史元》（*Metahistoy*），書名 metahistory 意思即「寫歷史的歷史」，這種方法也稱歷史寫作學（histography）。懷特說，歷史研究的派別（實證主義、保守主義、自由主義等）之關鍵差異，並不只來自於意識形態，決定因素其實是在：書寫風格。

簡單來說，他認為歷史和文學本來是不分家，是在十九世紀中期以後，寫歷史的方法遭到自然科學「馴養化」，才漸與文學劃清界線、並杜絕任何譬喻與修辭。

那在十九世紀的歷史名家，都是怎麼寫歷史？[1] 簡要來說，懷特找出他們的書寫程式：站在某種史觀（意識形態）之上、預選（prefigure）歷史事件進行考察、最後以論證形成解釋。這幾個步驟無法區分，都著落在寫歷史的人一開始就設定的文學風格。

懷特借用形式主義的文學理論（如什克洛夫斯基〔Shklovsky〕、艾亨鮑姆〔Eichenbaum〕），

①懷特點名的研究者有米榭勒（Michelet）、蘭克（Ranke）、托克維爾（Tocqueville）、布克哈特（Burckhardt），歷史哲學家有黑格爾（Hegel）、馬克思（Marx）、尼采（Nietzsche）、克羅齊（Croce）。

也就是文學的關鍵重點是文學家細心編排的情節（plot）、而不是遵守時序邏輯的故事（story）。

所以懷特說，以編年材料（chronicle）講成的故事（story），只是歷史解釋的最初階元素，歷史學家從這些預選的材料所接下來的工作，布局（emplotment）、論證（argument）以及完成意識形態意涵（ideological implication），才成為歷史作品。寫歷史的人都會若隱若現籠罩在一個文學類型（悲劇、喜劇、浪漫傳奇、諷刺劇）的氛圍之中。

他主張將歷史學的核心放在「書寫」、而不放在「史實」，真是大膽而挑釁。文學界能否接下這個球？我認為，「創造性非虛構書寫」可以盡一份力。

／

非虛構（non fiction）並非新鮮事——散文（essay）、報導文學（reportage）、新新聞（new journalism）都有根據真實人事物而撰文的相似身影。但是，「創造性非虛構」則更明確採用文學技法。臺灣近幾年所謂「非虛構寫作」大放異采，固然是社會關懷的提升，但更應注意其中「文學寫作技巧」的意義。因此，這裡特別以創造性書寫（creative writing）來指涉新時代的「非虛構作品」。

臺大臺文所張桓溢的碩士論文《真實的摹創與中介》以敘事學方法分析了幾本近年成名的非虛構作品（如《返田野》、《煙囪之島》、《無法送達的遺書》）之寫作技法，發現作者都援用多種不同的「文學性裝置」在組織布局、調度材料，以實踐符合自身風格的社會責任。這些非虛構作品，都暗藏著文學技法，[2] 雖未必需要昭告讀者，但寫作者則應知悉其中奧妙。

這種技法，在美國已有成熟的操作模式，有其值得參考之處。創造性非虛構在美國一九八〇年代起就成為教學系統，古金（Lee Gutkind）推動，改編馬克吐溫 good story well told 的格言而標榜 true stories well told，「事實」是非虛構寫作的要項之一，更重要的是運用小說技藝。美國大學的創造性寫作（creative writing）課程即是這一脈絡，也產生豐富成果，在臺灣頗具知名度的《消失中的江城》等中國三部曲的何偉（Peter

②張桓溢，《真實的摹創與中介：論臺灣非虛構寫作的翻譯、實踐與理論》，臺灣大學臺灣文學研究所碩士論文，二〇一九。

Hessler）、撰寫有史料考據且具臨場感的二二八白恐小說《綠島》的楊小娜，都受過真實材料的創造性寫作訓練。

因此，創造性非虛構的成品，使學院研究水準的考證材料，在非虛構寫作的規範引導下可以更有文學性，因而至少能夠有兩個層次的脈絡。

一是在考察史料之際注意人物對話、時空資訊，從而在寫作之際懂得操作場景調度、選擇人稱視角的轉換、分配描述和敘事的比例等等小說寫作的技法，都有助於閱讀經驗的賞心悅目。

二則不只是單純寫作技巧的琢磨而已。藉由敘事學著重的人稱、視角、場景之轉移，將跳脫「第三人稱全知」的社會科學式單調書寫，從而破除具有真相宣稱作用的「客觀書寫」；進而，鼓勵例如視角轉換等技法而產生的「文學性」，可以跳出寫歷史的急切論證之缺失，轉而訴求經驗交流、引發共鳴。

由此，回到最初的問題：文學能否寫歷史？文學如何寫歷史？

「創造性非虛構寫作」給的答案，當然是文學能夠寫歷史，甚至主張，寫歷史需要文學。

歷史隨著鐘表時間而遠去，是「歷史的記憶」在我們周遭繼續起動、作用。若能將史實真確的知識密度，以書寫技巧轉化，書寫者將因為調度場景、安排情節、轉換人稱視角的同時，游移在利害關係不一的各種人群之間，體會歷史敘事的道德性。

不再信仰唯一真相，不表示從此漠視道德、不問是非。文學不是為了找到單一真相而寫，而是企求真相與成為小寫、成為複數的歷史。歷史的閱讀，可以不要是沉重的負擔。歷史的寫作，更不應忽視文學的介入。

暗夜裡的燦爛煙火

拉美小說的歷史與記憶

陳小雀
墨西哥國立自治大學文哲學院拉丁美洲研究博士，現任淡江大學西班牙語文學系、拉丁美洲研究所教授及淡江大學國際長。專研拉美文學與文化。學術工作之餘，不時探訪拉美，足跡遍及拉美各國。

文字與記憶

文字堪稱人類最重要的發明之一，有了文字，人類可以記錄生活點滴，譜寫歷史，更能表達深藏內心的情緒和思想。即便印加（Inca）文明沒有文字，但也發明「基鋪」（quipu）結繩紀事法，做為紀錄工具，傳遞訊息。誠如拉丁文諺語「Verba volant, scripta manent」，語言稍縱即逝，唯有文字才能雋永。的確，文字是文明與文化的基石，中文以「神來之筆」、「妙筆生花」等成語形容精采文章，顯示文字乃具生氣和力量，得以傳遞情感及思想。文字的力量不在於字句的長短，而取決於作者如何賦予文字生氣，亦即，一段寓意深遠的文字、一篇發人深省的文章、一本震古鑠今的著作，均是改變世界的力量。因此，「禁書」、或「焚書」成為獨裁政府箝制文字力量的策略。

在西班牙殖民時期，宗教法庭（宗教裁判所）嚴禁歐陸小說運往西語美洲，[1]以免人性因小說情節而墮落，當地作家只能寄情於詩歌，仿效西班牙文風和巴洛克風采。西語美洲的第一部小說於一八一六年問世，但風格仍不離西班牙傳統。[2]十九世紀，隨著各地掀起獨立運動，文學界也開始追求文化認同與民族意識，字裡行間流洩出美洲風情，只是敘述技巧依然承襲歐洲。

隨著政治變化，作家愈來愈關心政局，文字也益發洗練。

拉丁美洲各國在獨立後，或陷入自由派與保

① 「西語美洲」係指以西班牙文為母語的美洲地區，至於「拉丁美洲」一詞，則於十九世紀中葉才出現。

② 墨西哥作家利薩爾迪（José Joaquín Fernández de Lizardi，1776-1827）著述的《癩皮鸚鵡》（*Periquillo Sarniento*）為西語美洲第一部小說，全書共計四冊，乃模仿西班牙流浪漢小說而作，前三冊於一八一六年出版，第四冊則因未通過審查而被禁。

守派的惡鬥之中、或在中央集權與地方分權之間爭論不休，一個個「民主共和國」成了野心家的伸展舞臺，也儼然培育獨裁者的搖籃。獨裁者暴虐、無道、冷血、狂妄、自大、孤僻，玩弄國家，荼毒人民，竄改歷史，並為美國的盟友，在美方的扶持與金援下，得以鞏固政權，達到長期執政的目的，於是以現代化為由，大開門戶，讓美國企業進駐。

拉丁美洲成了外國投資客的天堂，是全世界的原物料供應地，也提供廉價勞工。

十九世紀末、二十世紀初，拉丁美洲的香蕉意外成為外銷熱門商品，香蕉龐大的商業利益，促使數家美國水果公司合併，於紐澤西成立聯合水果公司（United Fruit Company），在短短幾年內壟斷了加勒比海、中美洲、巴拿馬、哥倫比亞、厄瓜多等地的香蕉貿易，並擁有廣袤土地、鐵路公司、船運公司、郵遞公司和電力公司，不僅剝削拉丁美洲經濟，甚至干預各國政權，因而被稱為「國家中的國家」。

美國為了順利開鑿巴拿馬運河，而慫恿巴拿馬於一九〇三年脫離哥倫比亞，運河於一九一四年完工，硬生生將巴拿馬切成兩半。運河屬於美國的財產，運河兩側所延伸出去的地區也是美國屬地，總面積一三八〇．五平方公里。巴拿馬人不得進入運河區，為了捍衛國家主權，爆發多次流血抗爭，終於讓美國與巴拿馬重新協商。協商結果，運河區自一九八〇至一九九九年間改由美、巴共管，並於一九九九年才連同運河一併歸還巴拿馬。

拉丁美洲遭切開，大片蓊鬱林地被咖啡田、香蕉園所取代，山區千瘡百孔，蘊藏於地底的銅、錫、鎢、鉛、鋅、銻、鈾、石油等礦產紛紛被挖掘。一如農產公司，礦產公司與政府勾結，非法侵占印地安人的土地，一旦民眾抗議即採血腥鎮壓，採礦時所排出的廢水及廢石含有重金屬，不僅汙染環境，也嚴重危害居民健康。拉丁美洲看似進入經濟繁榮期，事實上，龐大經濟利益大多由美國企業所攫取，拉丁美洲依舊一貧如洗。

面對國家社會的諸多問題，拉丁美洲作家走出歐洲風格，藉詩、戲劇、散文、隨筆、小說等創作，書寫自己的土地故事，在描繪自然風光之際，也喚醒拉丁美洲各國的本土意識，甚至藉文學創作揭露真相。

小說與歷史

二十世紀的拉美小說具有社會功能，呈現作家的思想情感及其社會觀察，隱伏批判暴政的企圖。二十世紀中葉，政經議題方興未艾，小說家肩負社會責任，揭露社會衝突與政治抗爭的黑幕，引領讀者在渾沌中看清歷史真相，為了避免己身遭受獨裁者的迫害，或是作品成為「禁書」，而於情節中增添「魔幻」、「怪誕」、「神奇」等意象，以嘲弄筆觸抒發情緒，如此精湛的寫作技巧令世界文壇驚豔不已。這類「新小說」陸續問世，被稱為「魔幻寫實主義」（realismo mágico）小說，相互爭奇鬥豔，儼然暗夜裡久久不散的燦爛煙火，掀起拉丁美洲文學的新氣象，更贏得「爆炸文學」（boom）[3]之美譽。

「魔幻寫實」小說精采之處在於，各家不同，各有千秋。情節撲朔迷離、時間前後跳躍、空間任意游移、角色眾多複雜、人鬼並存共處……均為「魔幻寫實」的特色。於是，古代與現代、現實和虛幻、明喻和隱喻、平實和誇飾、幽默和嘲諷交相融合。此外，文本不時穿插神話、怪譚和傳奇，並交織著人物的獨白、夢囈及潛意識。有些小說家擅用華麗辭藻，甚至自創語言，或大量藉用黑人和原住民的方言俚語。無論內容多麼光怪陸離、抑或如何晦暗不明，小說家以真實歷史為故事主軸，運用其獨創的敘述技巧，將文字力量發揮得淋漓盡致。

獨裁政治、帝國干預、經濟剝削、種族屠殺、游擊戰爭、農民運動等，鋪寫了二十世紀的拉丁美洲史，然而，官方歷史對這些真相卻著墨不多，甚至隻字未提。披上「魔幻寫實」的文學彩衣，這些被掩飾的歷史儼然「變奏曲」，一一走入小說作品，而有「獨裁小說」、「墨西哥革命小說」、「本土化主義小說」、「巴拿馬運河小說」、「香蕉小說」等。

其實，二十世紀的拉美小說離不開「政治」與「經濟剝削」這兩大議題，政治議題以「獨裁小說」為大宗，至於經濟剝削議題，可以「香蕉小說」為代表。的確，政治影響經濟，而經濟發展

③指一九六二至一九七二年間，拉美文學鼎盛時期。

則依賴政治，在獨裁者的包庇下，不僅美國企業得以攫取最大的經濟利益，美軍甚至隨之進駐，干預拉美國家政權，正如瓜地馬拉作家阿斯圖里亞斯（Miguel Ángel Asturias，一八九九——一九七四）所言，獨裁者與美國企業形成天秤的兩端，一端強大，另一端也跟著壯大。

顯然，從地方角頭、到軍事強人、再到國家元首，無數的獨裁者造成拉丁美洲社會變形，進而啟發小說家的創作靈感，例如：阿根廷的羅薩斯（Juan Manuel Rosas，一七九三——一八七七），墨西哥的迪亞斯（Porfirio Díaz，一八三〇——一九一五）、瓜地馬拉的艾斯德拉達（Manuel Estrada Cabrera，一八五七——一九二四）、委內瑞拉的葛梅斯（Juan Vicente Gómez，一八五七——一九三五）、多明尼加的特魯希猶（Rafael Leónidas Trujillo，一八九一——一九六一）、阿根廷的璜．裴隆（Juan Perón，一八九五——一九七四）、尼加拉瓜的安納斯塔西奧．蘇慕沙（Anastasio Somoza García，一八九六——一九五六）、古巴的巴蒂斯塔（Fulgencio Batista Zaldívar，一九〇一——一九七三）、海地的杜瓦利埃（François Duvalier，一九〇七——一九七一）等獨裁者，全化為小說人物，走入拉美的魔幻世界。

阿根廷作家馬蒙（José Mármol，一八一七——一八七一）以反羅薩斯政權為題材，於一八五一年出版《亞馬利亞》（*Amalia*），奠下以史實為基礎的「獨裁小說」濫觴。「獨裁小說」自此蔚為流行有百餘年之久，是二十世紀拉美小說重要的創作題材之一，於一九七〇年代達到高峰，耕耘出一系列傑作。瓜地馬拉作家阿斯圖里亞斯、哥倫比亞作家馬奎斯（Gabriel García Márquez，一九二七——二〇一四）、祕魯作家尤薩（Mario Vargas Llosa，一九三六——）等，均是擅長這類小說的翹楚。以形上學思索聞名的阿根廷作家波赫士（Jorge Luis Borges，一八九九——一九八六）也不免俗，創作出反獨裁政權的短篇小說。

「香蕉小說」與獨裁政體息息相關，於一九三〇至六〇年代形成一股風潮，揭露聯合水果公司與獨裁政府的暴行。香蕉從拉美產地運送至美國頗為耗時，避免太早成熟而採摘青果，因此這類作品常出現綠色議題。綠色本是形容拉丁美洲的旖旎風光，卻被用於諷刺聯合水果公司因香蕉而致富，綠色也象徵美國的霸權主義，以美金賄賂貪婪的獨裁者。由於美軍制服是草綠色，拉美人慣以「gringo」蔑稱美國人，意思為「green go」，希望穿著草綠色軍服的美國人離開拉丁美洲。

拉丁美洲的坎坷歷史與人民的乖舛命運，絕對可從小說一窺究竟。

魔幻與寫實

阿斯圖里亞斯的《總統先生》（*El Señor Presidente*，一九四六）堪稱獨裁小說的經典之作，小說影射瓜地馬拉總統艾斯德拉達，故事藍本出自他幼年至青年時期的親身經驗，其中包括被捕入獄的恐怖經歷。小說中，未明確注明故事所發生的時間與地點，也沒道出獨裁者的名號，但隨劇情發展，誰是獨裁者已然呼之欲出，巧妙塑造了拉美獨裁者的原型。《總統先生》最引人入勝之處在於，今日的總統被比喻為昔日的馬雅火神。古代火神強迫部落舉行活人獻祭才肯賜予火苗，並保佑部落平安；現代總統則處決異己，以高壓統治鞏固權力，維持社會秩序。兩者同樣嗜血。

以古諷今，總統儼如無所不在的惡神，令人不寒而慄，而「恐懼」正是貫穿整部小說的元素，係獨裁者的統治手段。阿斯圖里亞斯匠心獨運，魔幻寫實技巧爐火純青，將史實與神話交融一起，無形中重塑了馬雅文化。

馬奎斯《獨裁者的秋天》（*El otoño del Patriarca*，一九七五），[4]融合了幾位歷史人物的特質，雖未指名道姓，卻從文中橋段，勾勒出尼加拉瓜獨裁者蘇慕沙粗俗和無知的輪廓，也彷彿瞥見委內瑞拉獨裁者裴瑞茲·希門內茲（Marcos Pérez Jiménez，一九一九——二〇〇一）的形象。小說藉暴君之死，對照人民歡欣鼓舞的心情，影射獨裁者即便有呼風喚雨的本事，終究得面臨孤寂落寞的秋天。

《獨裁者的秋天》僅由一百個句子所組成，而每個句子都十分冗長，正如小說的時間也相當冗長，延展約兩百年之久，魔幻技巧下的黑色幽默淡淡流洩出孤獨、挫敗、死亡，看似刻意聚焦在獨裁者的末路，卻又藉敘述者回溯拉美政治史。

尤薩在創作《公羊的盛宴》（*La Fiesta del*

④直譯為《族長的秋天》。

Chivo，二〇〇〇）時，多明尼加獨裁者特魯希猶已垮臺近四十年，故其書寫空間較大，寫實成分也較多。尤薩以大寫的「Fiesta」（盛宴）做為標題，不僅強調「盛大」之意，同時呈現「盛宴」的正負兩種涵意：一是獨裁者沉溺於聲色享樂，以屠殺、綁架、拷打、凌虐為統治手段，其政權運作彷彿一場妖巫夜會，嗜血狂歡；其次是受迫害者的反撲，籌備暗殺獨裁者的歡宴。

一如「盛宴」蘊含雙重意義，「公羊」亦同。公羊是悲劇性的動物，根據希臘神話傳說，酒神戴奧尼索斯（Dionysus）舉行祭典時，必須血祭公羊，而悲劇乃「公羊之歌」。在天主教信仰裡，公羊係汙穢、不潔、凶惡的動物。多明尼加人民以「公羊」稱呼特魯希猶，嘲諷他的行事齷齪和性好漁色，最後將被血祭。《公羊的盛宴》披露特魯希猶的荒誕行徑，同時也反應出人民推翻暴政的決心，標題一語雙關，多麼巧妙。

至於聯合水果公司，哥斯大黎加作家法雅（Carlos Luis Fallas，一九〇九——一九六六）在《美國小媽咪》（*Mamita Yuani*，一九四一）裡，以揶揄的口吻描寫聯合水果公司的雄厚財力，彷彿獨裁者的衣食父母。阿斯圖里亞斯以《強風》（*Viento fuerte*，一九五〇）、《綠色教宗》（*El Papa Verde*，一九五四）和《逝者之眼》（*Los ojos enterrados*，一九六〇）等三部小說譴責美國資本主義，並以「綠色教宗」勾勒出聯合水果公司總裁那無所不能的形象：

> 所謂「綠色教宗」，就是一位先生坐在公室中，處理數百萬美元的訂單。動一根指頭，可令一艘船起航或停泊；說一句話，就可買下一個共和國；打個噴嚏，便可讓一個總統、將軍或是知名人士倒臺……辦公座椅向後旋轉，即可爆發一場革命。

馬奎斯的《百年孤寂》（*Cien año de soledad*，一九六七）並非單純的「香蕉小說」，其格局更大，但對香蕉故事著墨頗深，描述香蕉的美味引來聯合水果公司的覬覦，而肆意開發土地，讓小鎮「馬康多」走了樣：「**瞧我們自己惹來多大的麻煩，只因為我們請一位美國佬吃了幾根香蕉。**」

香蕉園分布於溼熱地區，瘧疾、黃熱病等疫

病叢生，香蕉工人在衛生條件極差的環境下賣命，賺取微薄工資，聯合水果公司甚至以兌換券代替工資，工人僅能在公司販賣部換取維吉尼亞牌火腿這類美國進口食品，聯合水果公司藉機再賺回工人的薪資。有些工人對生活絕望，而以一天辛苦所賺得的工資向公司販賣部購買烈酒，第二天酒醒後發現身無分文，只好再回香蕉園工作，酒竟然是美國企業控制工人的利器，令他們天天陷入永無止境的悲慘輪迴。

聯合水果公司極盡剝削工人之能事，難免爆發工人抗議及罷工事件，然而，每次抗議或罷工總會被弭平。一九二八年，哥倫比亞發生香蕉工人大罷工事件，政府當局派遣軍隊協助聯合水果公司鎮壓，最後三千名工人和婦孺遭屠殺，屍體被拋入大海，一切又歸於平靜。在獨裁政府和聯合水果公司淫威之下，人民面對這場悲劇只能視若無睹，甚至集體患了失憶症，寧願將自己鎖在心牢裡，過著行屍走肉般的生活。對於這段史實，馬奎斯在《百年孤寂》裡，以「**一切都像鬧劇**」形容軍隊朝罷工抗議人潮開槍，以「**好像刀槍不入**」描寫面對槍擊時目瞪口呆的群眾，一動一靜，簡單的筆調卻呈現強烈對比，最後故意留下一名生還者，讓歷史真相得以昭然若揭。

暴虐無道的獨裁政權、貪求無饜的跨國企業、怵目驚心的天災人禍、詭譎離奇的社會案件……皆為「神奇事實」（Lo real maravilloso）[5]，絕非憑空想像。小說家在重建這些「神奇事實」之際，不僅善盡社會責任，同時也經營出個人獨樹一格的文學技巧，而讀者在文學的魔幻彩衣下，驀然窺見拉丁美洲的殘酷現實。質言之，小說家提升了拉美小說的功能性與藝術性，令拉美小說大放異采，遐登世界文壇，引發廣大迴響。的確，一部部小說宛如暗夜裡的燦爛煙火，照亮拉丁美洲這座孤寂迷宮！

⑤「神奇事實」（Lo real maravilloso）一詞係古巴作家卡本迪爾（Alejo Carpentier，一九〇四—一九八〇）所創，旨在表達拉丁美洲歷史即一部「神奇事實」。卡本迪爾是魔幻寫實先驅之一，善於從被遺忘的歷史中找尋創作主題，而有文學界的「編年史學家」之美譽。

在破損生命中找到正確生活

五十年後再讀阿多諾

蔡慶樺
公務員，作家。

見證者

一九六九年八月六日，德國哲學家阿多諾（Theodor W. Adorno）死於瑞士。五十年後，重讀許多他留下的時代診斷，仍覺得他並未離開。

如今的我們，很難想像那個知識分子決定了整個社會思考方向的時代。德國社會向來給予知識人強大的公共話語權，而戰後重返法蘭克福任教的阿多諾，更是站在知識界的頂端，對於幾乎所有公共事務做出判斷，也因而吸引了無數學子來到法蘭克福追隨在其門下；再加上他把握戰後廣播與電視蓬勃發展的時機，從五〇年代到過世前接受了許多媒體專訪，向全德國與歐洲發聲，影響甚至主導了年輕的共和國的精神走向。其影響力之大，思想史學者費爾許（Philipp Felsch）因而在《漫長的理論之夏》（*Der lange Sommer der Theorie*）中，稱在阿多諾掌握話語下的西德，是「阿多諾聯邦共和國」（Bundesrepublik Adorno）。

那個「理論之夏」，是六〇年代青年們開始饑渴地啃食艱深學說的時代。馬克思曾說過，哲學家只是以不同方式詮釋了世界，而重要的是，改變世界；阿多諾卻說，哲學家之所以（尚）未改變世界，是因為沒有窮盡一切詮釋世界的可能。於是，下一個世代，相信世界可以在詮釋中被改變的世代，來到哲學家身邊，過了一個影響整個七〇年代甚至八〇年代歷史的「歷時多年的」漫長夏天。他們不只信奉阿多諾的思想，試著從最抽象的理論理解最具體的世界問題，也在這些理論中，想扭轉上個世代失敗的宿命，包括他們的老師都成為其反叛的對象。沒有人能夠站在永遠的真理那方，他們的父母不行，阿多諾也不行，解構上一代的政治、理論、思考，是這一代的責任，因為正是那些殘存的東西，曾經主導了德國，將一整個民族帶向瘋狂之境。

雖然，學子們來到阿多諾身邊學習理論，可是阿多諾表達思想的方式，並不是透過巨型理論建構，更多時候是以短篇論文表達，許多如先知般的警語，是他向後世丟出的「瓶中信」（Flaschenpost）。

阿多諾極為迷戀瓶中信這個概念，他的學生、作家米歇爾（Karl Markus Michel）曾說過一段聽來的往事：流亡美國時，阿多諾曾經與其他的德國流亡者在太平洋畔散步，看著海洋，他說：「啊，我現在想要的是，把我思想的精要寫在一張小紙條上，藏入瓶子中，擲入海洋。在遙遠未來的某一天，一個遠方的島嶼上，會有某人發現這瓶子，打開它，閱讀這張紙條……。」這句話告訴我們，阿多諾不期待同時代的人們能夠理解他的思想，而他現在所說的一切，是為了未來，為了他自己也不知道是誰的閱讀者。不是為了現在，也不是為了誰。那些同代的閱讀者們，真的理解了哲學家的警語嗎？

雖然，他不期待同時代的人能夠理解，但是無數六〇年代憤怒走上街頭的學運青年都曾將那些句子抄寫在筆記本裡，無論理解或是不理解。他與霍克海默（Max Horkheimer）合著的《啟蒙的辯證》（*Dialektik der Aufklärung*）中，解釋為什麼要寫「瓶中信」：「因為那是我們留下的想像的見證者，好讓一切不會隨著我們都消逝。」那些湧到阿多諾課堂上聽課的青年，那些書架上擺放著阿多諾文集的讀者，在這個意義上是證人，目擊哲學家如何存活於那個時代；那是啟蒙失敗的時代，是野蠻的時代，是幾十年間經歷兩次世界大戰、人類以為自己就要結束於極端主義的時代。阿多諾的句子，帶著人們面對世界與自身的命運，我們這些後世的讀者，都是見證者。

奧許維茲之後的教育

其中一個知名的句子是，「在錯誤的生活中，沒有正確的生活。」（Es gibt kein richtiges Leben im falschen.），當時鼓舞了所有對於錯誤生活不滿的人。這個句子出自《最低限度的道德》（*Minima Moralia*）一書，這本書寫於阿多諾因暴政流亡美國時，在戰爭結束後沒多久出版，延續著《啟蒙的辯證》對於文明發展反而帶來野蠻的質問，哲學家依然反思，當代人的生活究竟出了什麼問題，人類生活在什麼樣的處境中，該書副標題正可以說出這樣的關切：「從受損生命而來的反思。（Reflexionen aus dem beschädigten Leben.）」

阿多諾的反思是什麼？這樣的句子容易引起誤解，因為阿多諾似乎假設了，在錯誤的生活之對立面，有一種正確的生活；或者，難道這不是同義反復嗎？錯誤的生活中，依其定義，本來就不存在正確的生活，不是嗎？

阿多諾所謂的「錯誤生活」，必須回到一位左派理論者的關懷去看。阿多諾說出那句話的時代裡，資本主義主宰了一切人的生活。他看到的社會運作方式，是建立在交換邏輯上的「商品與消費時代」，每個人都帶著自身勞動力而在市場中有一定價格，人看待他人為可交換或可消費之物，你對他人的「命運」，不再以自然方式參與，你與他人的關係沒有共同體，只是「物化」。於是，阿多諾寫道：「今日的每一個人，毫無例外的，都覺得自己被愛得太少；那是因為，每一個人能夠愛的能力，都太少。」這意思是，我們只視他人為可交換的物，我們不再能夠愛他人，我與他人的關係，不是人際的，而是物與物的。如《啟蒙的辯證》中援引馬克思的「商品拜物教」認為當代衡量所有社會關係的唯一標準，只剩下商品價格，阿多諾認為，就是這種把人「物化」的結果，這種「錯誤生活」，把當代導向了大屠殺的道路。

何以如此？這句話出自於他一九六六年為廣播之用而寫的稿子〈奧許維茲之後的教育〉（Erziehung nach Auschwitz），這是戰後一篇影響德國教育政策極大的文章，影響力甚至也不只在教育，迄今文化界或政界還是時常引述該文的內容，五十年後其力道不曾稍減，仍值一讀。

該文開章第一句做出強烈的主張，「要求奧許維茲不再重演，是教育的最首要目的。」阿多諾認為，這目的太過清楚，甚至不需要任何論證，在大屠殺發生後，所有的教育目的都該是確保集中營不會再次發生，確認那「不可思議的殘暴之事」（das Ungeheuerliche）不會再發生。與此相比，所有其他的教育理念目標都再無意義。任何教育理念之辯論都因而顯得多餘，「一切教育，都是為了對抗野蠻。」

阿多諾認為，不能因為集中營結束而掉以輕心，退回野蠻的危險一直存在，因為使那些殘酷得以發生的「條件」並沒有消失。他引用佛洛伊德，指出文明會強化那些隨著文明高度發展而帶來的「反文明之物」（das Antizivilisatorische），這點與他對啟蒙的反省吻合，強調普世進步價值的啟蒙，反而走向集中營。他反對以強調普世價值的方式阻止集中營重演，也不認為在教育上強調受迫害者的正面特質，就能減少加害。迫害的機制是在加害者那裡發動的，並非受害者的問題，「被謀殺者是無罪的」。

阿多諾認為只有揭露這種使人成為迫害者的機制，才能在未來對這樣的機制保持戒心，以免歷史重演。這個機制是：人們在文明發展中，愈覺得自己生活在文明的限制，便擬以暴力及非理性衝破文明之網，也更易被仇恨情緒動員。而不思考（Besinnungslosigkeit），使得人們無法理性地面對自身的憤怒與憎恨，弔詭的是，相對於在文明中感受到仇恨的大眾，弱者也被視為幸福者，因而成為被妒恨的對象。從歷史上看來，怒意總是鎖定社會中的弱者。尤其當人們在「急迫」（not）中時，這種針對與眾不同的少數的暴力意識，更為容易產生。於是「統治的普遍者會對特殊者、個別人類及機構施加壓力，這種壓力傾向於，對於特殊者及個別者連同其反抗力量一併摧毀。」

換句話說，大眾是擁有統治權力的普遍者，尋求社會「同一」，對於那些不可被同一者，產生憎恨，必除之而後快。而在文明發展進程中，這種對他者的排除愈加激進，社會的整合於是成為排他的暴力。

此外，這個迫害的機制運作，部分人相信，德國人骨子裡就有信奉權威的人格。阿多諾認為

此說過於浮面。權威能在德國發生作用，是因為古老德意志帝國崩壞後，產生了權威的真空，人們尚未準備好成為自己的主人，「自由」是令人不自在之物。要能打破這個機制，人們必須學會當自己的主人，克服「失去指令的緊急狀態」(Befehlsnotstand)。這裡阿多諾重新回到康德，「如果我可以引用康德式的說法，對抗奧許維茲原則的唯一的真正力量，就是自主(Autonomie)：反思的、自己決定的、不盲從(Nicht-Mitmachen)的力量。」擁有自己當主人的力量，便是不把自己看成大眾中的無意義之一人，不把自己看成商品，同樣的，不把他人視為僅僅是「無形體的大眾」(amorphe Masse)，人際之間以人性的方式彼此對待，我們不再面對那聽來極為矛盾、卻又無比真實的人類存在模式——「孤獨的眾人」(lonely crowd; die einsame Menge)。就是在這個脈絡下，他才感嘆，今日每一個人能夠愛的能力，都太少。我們都只是大眾中的孤獨一人，不愛著他人，也無法當自己的主人，這也催生了盲從的力量，也就維持了野蠻重現的條件。

要能正確地生活，就必須克服那樣的錯誤生活。只要我們繼續忍受資本主義將我們物化、將我們馴化為順從的大眾，讓我們帶著怒意尋找替罪羊，那麼正確的生活就不可能，那麼集中營將持續存活在當代，在每一個無力愛人者的心中。

這一切都需要另一種培育人的方式。哲學家黑格爾的教育觀影響深遠，他曾經指出，人的本質是「精神」(Geist)，身體雖然會成長，但是精神並不會自然而然地豐富成熟，人在兒童時期會受限於「自然」(Natürlichkeit)、「非精神性」(Ungeistigkeit)，這時候他只是具備成為精神性人類的可能性，但是要實現這個可能性，就必須有賴教育，或者說，一種全方位的培育，一個人成為完全成熟者的「教養」(Bildung)。教育，使人接觸各種學科思想，不管是音樂、政治、哲學、數學、天文等，教育使人成為更成熟的存在者。可是這樣的傳統教育理念，如何能夠解釋那些精熟古典音樂的高雅人士也是種族主義者？如何看待哲學家們合理化納粹世界觀？如何能夠阻止一流醫者成為集中營中的死亡天使？

教育應不再是豐富人的過程，還必須培育能夠批判並抗拒野蠻的思考能力，培育「批判性的自我反思」（kritische Selbstreflexion）。於是，教育不再只是單純的教育，必須承載的目的只有一個：對抗野蠻。正如一九四九年聯邦共和國成立那年，阿多諾寫下「在奧許維茲之後，寫詩是野蠻的。（Nach Auschwitz ein Gedicht zu schreiben, ist barbarisch.）」：文學不能只是文學，詩歌創作不再是單純的藝術表現，文學如果不能達成文學以外的價值，便是服從了野蠻。

在大屠殺之後，我們所做的一切，都只能是讓正確的生活得以可能。

極右派是民主的傷痕

所以，一九四五年所標誌的時代的終結，不只是政治上德國告別法西斯主義政權，思想上也必須轉型。但是轉型是否成功了？阿多諾的「對抗野蠻」說在教育與文學領域被廣為討論，甚至國會議員也在國會質詢時引述，影響深遠。這位哲學家對時代的診斷穿越了世代，五十年後，為什麼現在還必須讀阿多諾？

看看這個資本主義發展已達顛峰的當代社會，這個商品社會裡，一切都是商品，我們計算一切，衡量如何交換；外來者、少數族群、性傾向異常者，一直都還是眾人怒意發洩對象的替罪羊。這個時代，依然沒有正確的生活。而阿多諾，還一直在對我們說著話。

二〇一九年七月，阿多諾又出新書了，書名叫作《新的極右勢力之各面向》（*Aspekte des neuen Rechtsradikalismus*），在這個極端勢力滋長的時代，這本書提出了他即時的針砭。本書問世後立刻進入暢銷書排行榜，再刷多次。讀者渴望再閱讀他。

不過，早於一九六九年逝世的阿多諾，自然不會再有新作品問世。這本書是出版社將他於一九六七年四月的演講內容編輯而成，當時他受邀赴維也納大學對社會主義大學生聯盟演講。因此，這其實不是對這個時代提出的診斷，而是對他自己的時代。

那是二戰結束後約二十年、法西斯主義火苗始終不曾熄滅的時代，甚至，火苗還有延燒之勢。極端勢力逐漸滋生，新納粹色彩極為強烈的極右派政黨「德國國家民主黨」（NPD）在一九六四年成立，接下來幾年，在聯邦共和國找到了民意支持，黑森、巴伐利亞、萊茵法爾茲、下薩克森、石荷邦等邦議會裡都有該黨的席次。這個黨拒絕多元族群，主張種族主義，擬重寫戰後史觀，認為一九四五年對德國民族來說並非「解放」，而是受外族統治；認為二次世界大戰的罪責不應由德國扛起，同盟國才是發起者，德國人不應該再負有罪疚情結。可想而知，當時世界其他國家對德國疑心再起，究竟為什麼這樣的政黨在德國仍有市場？德國要淪入極端勢力之手，重回排外與侵略的道路嗎？

阿多諾的這場演講，正是要告訴國際社會，德國正在發生什麼事——而這個演講正好在曾經被希特勒占領的奧地利，因而特別有政治意義。這個演講在對的時間、對的地方、向對的聽眾舉行，不過一直到五十幾年後才被出版。而也許，今日再談新的極右勢力之各面向，也是對的時間。阿多諾並不否認，德國始終處在極端勢力的危險中。早在德國國家民主黨浮出檯面前，一九五九年另一場演講〈處理過去，是什麼意思？〉（Was bedeutet: Aufarbeitung der Vergangenheit?）中，阿多諾已經提醒了德國人，「當時尚不可見的」法西斯主義仍寄生在民主中，對新生的共和國帶來巨大危險，因為那些孕育法西斯主義的「社會條件」都還存留著，因此戰爭的結束與納粹黨的解散，並不會使極右派就此消失。到了一九六七年在維也納大學的演講，阿多諾仍認為危機並未解決。但這個「社會條件」是什麼？他看到的是「資本的集中化」，是「各階層的去階級」（Deklassierung von Schichten），也就是說，不管任何階層，只認知自身是資產階級，只想保存及強化自己現有的一切特權。再加上「科技發展帶來的失業之幽靈」，在自動化、機械化的生產線上，人做為勞動者，「成為多餘」（potentiell überflüssig），自覺隨時將成為失業者。換句話說，一方面想確保自己在社會中的優勢地位（即使有時這優勢地位可能是幻象），一方面又逐漸失去在社會中的立足地。

這種幽靈，飄蕩過每一個受薪者頭上，人們想找到出路。民主，無法解決這樣的資本主義社會帶來的問題。而自覺是多餘者的人，更希望藉由威權，顛覆現在的秩序，重新找到自己在社會中的價值。

阿多諾看到當時選擇德國國家民主黨的選民，也跟隨著這個政黨指認移民、難民、外來者，以解決被剝奪感；當時極端勢力操作群眾的方式，與今日有著驚人的相似——製作假新聞、假訊息，民眾相信「感受到的真實」，而非真實本身。

因此，阿多諾觀察到，在反外來者的政治動員中，當時的德國人開始信仰權威，一方面因為民主教育並不成功，另一方面也因為人們的需求沒辦法在資本愈來愈集中的社會裡被滿足。於是自由民主制度被視為有缺陷的，人們想要能解決這種缺陷的另一種政體，於是對權威與強人的渴望，再次浮現。

當時他說：「極右派是民主的傷痕。（die Wundmale einer Demokratie.）」而這麼多年以來，人們對自身的不安、對外來者的仇恨、對權威的信仰一直都在，這道傷痕始終那麼顯眼，提醒我們民主多麼脆弱。

思想昇華了憤怒

因此法西斯主義，其實是伴隨著資本主義發展而來的難解之病徵。這個觀點符合阿多諾一貫對法西斯主義與資本主義之間共謀關係的批判，他依然是一個馬克思主義者，探索社會存在與條件如何決定了人們成為極端主義者，尋找替罪羊，或者自己受到不平對待的「出口」。

不過，即使阿多諾認為，使法西斯主義存在的條件都未消失，他還是抱著哲學家與教育者的樂觀。在〈奧許維茲之後的教育〉一文結尾處，他回憶流亡巴黎時，有一次因事臨時必須返德，好友班雅明問他，德國還是有那些忠實完成納粹命令的「執行酷刑的奴隸」（Folterknechte）嗎？阿多諾坦承，是的，還是有這些人。但班雅明與他都知道，這些人不同於狂熱的意識形態信仰者，以及「寫字桌謀殺者」（Schreibtischmörder，意指坐在辦公桌前執行行政程序完成集中營與大屠殺的官員們）；這些人是不思想者，雖然他們以奴隸的方式放棄了尊嚴，支持了殘暴的政權，但這是可能被改變的。這就是教育的意義，透過這些人而發生作用的野蠻，是可以被對抗的；那些無法愛人的憤怒者們，終究必須學會思想，到時候，他們不必當奴隸，而能站起來，在思想上當自己的主人。而後，民主的傷痕才可能漸漸淡去。

一九六九年二月，阿多諾在一次演講中說：「思考的人，在一切批判中不會憤怒。思想，昇華了憤怒（Wer denkt, ist in aller Kritik nicht wütend: Denken hat die Wut sublimiert）。」半年後他過世，而五十年後，我們打開了當時他投出的瓶中信，發現了他寫給這個時代的這句話。

奧許維茲之後的寫作

但打開那封瓶中信的，早有其人。

一九九〇年，另一位作家打開了瓶子，仔細地閱讀阿多諾的「在奧許維茲之後，寫詩是野蠻的」這句話。

那一年，鈞特・葛拉斯（Günter Grass）受法蘭克福大學邀請，在該校舉辦多年的重要文學活動「法蘭克福詩學講座」（Frankfurter Poetik-Vorlesung）公開演講，在德國剛剛統一後的重要時刻，葛拉斯選擇的題目是，「奧許維茲之後的寫作（Schreiben nach Auschwitz）」。

他當然是有意選擇這個題目回應阿多諾的，一方面他來到哲學家的故鄉演講，必須面對這句受無數人引用並討論的句子；另一方面葛拉斯以身為文學者的立場，知道阿多諾以哲學家的立場說出這句話，卻左右了戰後文學思想的方向，使他不得不與阿多諾對話。

葛拉斯先敘述年少時經歷過的納粹教育，以及超出一切理解能力的集中營，然後問出了每個作家都必然自問的問題：「究竟，在奧許維茲之後寫作，到底如何可能？問這個問題，只是要完成感同身受之儀式嗎？那在五〇年代、六〇年代初的充滿痛苦的自我質問，只是某種修辭的練習嗎？並且，這個問題在當代還有重要性嗎？在這個文學基本上已被新的媒體挑戰其地位的時代？」

他指出，他那一輩的寫作者都思考過阿多諾的話，也都知道「我們雖然並非兇手，但是位於兇手之陣營，也同屬於奧許維茲的世代」，那決定了猶太人命運的「萬湖會議之日期，已銘刻在我們的生命史中」。可是，即使承認了戰後的德國人對於自己未曾犯過的罪，亦同負罪責，罪責的限度何在？阿多諾的「禁令」（Verbot），對於當時戰後正要開始創作的他們來說才是野蠻的，許多寫作者相信「那過分要求了人類，基本上是非人性的；畢竟生活還是得繼續往前，不管是多麼破損的生活」。

但是葛拉斯說，他與同世代其他作家不同，他認真對待阿多諾的話，那不是禁令，而是一種「戒律」（Gebot），那是我們因為同屬創造出集中營的兇手之陣營，而必須自我遵守的戒律，如果要寫作，那麼「我們無法掠過奧許維茲」。

葛拉斯知道奧許維茲的意義，那是德國人造成的「文明的中斷與無藥可救的破裂」，也因此奧許維茲之後的寫作不能不面對，這是身為德國人的責任，因為犯下那罪行的，不是普魯士人、巴伐利亞人或甚至是奧地利，而是做為德國人的整體存在，他身為寫作者，不能不是這個德國的一分子，也因此，不管書寫什麼，始終要回應德國必須對世界負起的責任；他在這個演講中，也回顧自己一路以來的作品如何置放在「阿多諾戒律」中被理解，也提到其他的文學者，例如與策蘭的相識及對其詩作的閱讀，使他知道了，「奧許維茲不會有結束之時」。

文學必須介入社會，文學必須有政治功能，這是他的寫作姿態，以及他做為一個德國人——不管情不情願——回應世界的方式。也因此，對於演講前才剛剛完成的統一，他心有疑慮。他質疑，德國人在呼喊「我們是一個民族！」、追求成為一個完整的國家時，有無思考過，這個原來完整的國家，曾經造成的文明斷裂？在所有德國人沉迷於國族感的激情中時，葛拉斯重新引用了阿多諾，提醒這個國家的文學者應當有的角色，也是德國人應有的自我認知。有些東西，有些記憶，是不能被抹去的，而他的一生創作，都在服膺「阿多諾戒律」，那是一種「抗拒遺忘的書寫」（Schreiben gegen das Vergessen）；而正是在這樣的理解下，葛拉斯為作家下了一個獨特的定義：「孩子們，作家，就是那以書寫來抵禦抹除事物的時間的人。（Ein Schriftsteller, Kinder, ist jemand, der gegen die verstreichende Zeit schreibt.）」

正是這樣的寫作者，能夠回應阿多諾的大屠殺之後無法寫作的要求；這是五十年後我們再讀阿多諾的意義，因為大屠殺與集中營始終不可能被畫下句點，文學必須勇敢地抵禦獨裁，抵禦時間，「除非，人類，要放棄自身。（Es sei denn, das Menschengeschlecht gäbe sich auf.）」葛拉斯這樣結束他的演講。

而今，二戰結束後七十餘年，阿多諾逝世後五十年，德國統一後三十年，我們仍未放棄在破損生命中找到正確生活的希望。

現在什麼是歷史？

回顧我所親歷的新史學潮流

王汎森
中央研究院院士，雲林北港人，歷史學家。曾任中研院副院長、代理院長、史語所所長，現為中研院史語所特聘研究員。

承春山出版總編輯莊瑞琳好意，要我在這個專輯中貢獻一篇討論近年歷史學發展趨勢的文字。我因忙於手上的研究計畫，無法專門寫一篇這方面的文章，不得已只好將二〇〇〇年左右，我在國史館的一篇演講稿修改應命。其實這篇講稿反映的正是我對二十世紀最後二十年史學新趨勢的觀察與體認。

在本文中我還添寫了對當代史學的幾點看法。改寫的過程中，我要對當年國史館的文稿紀錄者致最深的謝意與歉意。因為我當年的疏懶，居然拖延再三未交定稿，以致不了了之，未能依約將文章交付刊登。

一、史學危機

首先我要強調的是，我在這裡談的主要是我個人的學術經歷，所以其中帶有個人觀察的局限性。而近幾十年，從史學發展來講，二十世紀最後一、二十年感受到傳統史學面臨的重大挑戰，其最大的挑戰是來自「後現代」，有人便認為這是從希羅多德、司馬遷以來史學所面臨最嚴重的挑戰。

十九世紀末有歷史主義（historicism），企圖把一切放在歷史發展的情境下加以歷史化，也就沒有所謂永恆不變的真理，因此導致西方道德、宗教、倫理等基礎的動搖，但那次史學危機和二十世紀末的史學危機不能相比。

二十世紀末的史學危機在我看來可謂來勢洶洶。我在一九八五年進入中央研究院，一九八七年在普林斯頓大學唸書。從一九八七年至一九九二年，我尚未強烈感受到「後現代」對傳統史學的批判。普林斯頓大學當時在歷史方面可謂大師雲集，不可能對外面的變化毫無所知，但當時的我卻未深刻感覺到後現代來勢洶洶，可見其時「後現代」還未能動搖幾個老派的學校，這些學者還相信歷史有存在的根基。[1]但是整體看來，在二十世紀最後的一、二十年，傳統史學面臨到很大的挑戰。

二、對傳統史學的挑戰

一八二四年，蘭克（Leopold von Ranke）寫了《一四九四年至一五一四年間羅馬民族與日爾曼民族的歷史》，該書書後的附錄影響最大。他說在經過種種批判之後，連當時被認為最權威的著作都不可以被率然接受，帶來根本性的改變。首先是強調第一手史料的重要性；同時是對外交史研究的重視，蘭克曾往來於歐洲各地發掘檔案，特別是教廷。在歐洲史上，教廷地位十分重要，各國大使頻繁進出，蘭克接觸到教廷各種檔案，開啟了錯綜複雜的外交史研究。他的口號「寫歷史一如它所發生的」，對當時史學界有很深的影響。大概從一八四〇年以後，德國史學界已經籠罩在蘭克的影響之下。

蘭克的口才非常差，無法吸引學生聽課，但他首創「seminer」的教學方式，使得歷史教學不再只是講述（lecture），而是一起討論、研判史料，帶來無遠弗屆的影響。一八七〇年以後，蘭克治學的特色，如講究原始史料、重視檔案、嚴格史料批判、職業史學家（professional historian）等風格散布至世界各地。亞洲國家如日本有蘭克學生到東京大學教書，影響日本史學界很大；美國早期許多傑出史家也多到德國取經，直接或間接受蘭克學派影響。蘭克學生所辦的雜誌是許多國家史學雜誌的典範，包括中央研究院歷史語言研究所集刊。

回顧過去的史學史，最大的問題是太多從里程碑式史學宣言來看歷史風格的變化。里程碑式

①他們體現的史學風格與傳統史家不同，比較受人類學者紀爾茲（Clifford Geertz）的影響，傾向帶有人類學意味的歷史題目。

文獻誠然重要，但歷史風格變化應從實際操作中顯現出來，過去史學史的毛病是太過重視思想性的、史學方法指導性的、里程碑式的、宣言式的文字，忽略了之後在某種氣氛之下史學著作所反映出來的風格。

其實早期美國蘭克學派的學生很少人真正讀過《蘭克全集》，大多只是就各人興趣專長，讀個一鱗半爪，產生關鍵影響的反倒是伯倫漢（E. Bernheim）。他把蘭克史學和實證主義哲學（positivism）混合，其《史學方法論》（*Lehrbuch der historischen Methoden*）一書影響很大，許多人透過伯倫漢的書而接受蘭克史學，如史語所創所人傅斯年被認為創辦了「中國的蘭克學派」。但實際上他一生只提到過蘭克兩次，他的藏書中也沒有蘭克的書籍，反倒是我注意到他把伯倫漢的《史學方法論》書皮都讀破了。

然而到了二十世紀，蘭克的史學風格卻遭到挑戰，伊格爾斯（Georg Iggers）在一九九七年出版的《二十世紀西方史學》（*Historiography in the Twentieth Century: From Scientific Objectivity to the Postmodern Challenge*）一書中談到二十世紀傳統史學典範的動搖，此書稍嫌簡略，但可提供一個輪廓。書中談到蘭克學派動搖的原因之一，是人們不再滿足於政治外交史、或以重要人物或以歷史事件為主的敘述方式。人們認為歷史應扎根於更廣泛、非個人的經濟社會基礎的瞭解。德國社會歷史學派、美國社會科學影響下的歷史、法國年鑑學派基本上均代表對過去史學風格的修正，他們要求歷史的客觀與嚴謹和蘭克是相同的，但是認為歷史應有社會面貌，歷史的理解應奠基於社會經濟的基礎上。

接著是在二十世紀的最後十年，後現代理論對史學客觀性的挑戰，後現代有一個很重要的觀念是「文本」。「作品」是人的意圖之下所寫出來的，後現代認為沒有作品，全部都是文本，與作者意圖無關，是語言的力量，語言可以顛覆人的意圖，人其實是在語言的牢房裡面。後現代一個重要的理論來源是十九世紀末瑞士語言學家索緒爾（Ferdinand de Saussure）在《普通語言學教程》（*Cours de linguistique générale*）一書中所提出的語言學觀念，認為語言可以分成「能指」（signifier）和「所指」（signified），在各種語言中能指與所指沒有固定一對一的，而是任意性的關係，他認為語言所講的與所指的東西是無法復原，文本的語言後面所指的 signified 無法復原，既然都是讀文本，則我們的瞭解都是一樣的。語言和其所指的東西是任意性關係，百年之後讀此文獻，大家解釋都是一樣，因為後面指涉的東西無法復原，都是某種程度的物事，所有人都是同樣地對同一東西的再現。既然你的是再現（representation），我的也是再現，那我們之間有什麼高下之分？所謂歷史真相到底又在哪裡？

薩伊德一九七八年的（Edward W. Said）《東方主義》（*Orientalism*）一書也產生相當影響，書中講西方早期到東方（指中亞或西亞）來的瞭解都帶上白種人的眼光，無法說他們再現的「東方」是真實的，他們的再現只是各種再現中的一種，則何者客觀？歷史的真到底在哪裡？

英國業餘史家詹京斯（Keith Jenkins）所寫的《歷史的再思考》（*Re-thinking History*）這本小冊子，把「過去」和「歷史」截然二分，「過去」無法由「歷史」完整呈現，而且每一個人在呈現過去時都有許多主觀見解夾雜其中，有各種偏見和各種考慮，所以歷史的客觀性（objectivity）是什麼？這個影響一開始只是水壩的一個小洞，只是「能指」和「所指」沒有固定對應關係，變成「文本」，到後來「文本」後面的東西無法復原，到最後是歷史的客觀性是無法追求的。

孔恩（Thomas Kuhn）的《科學革命的結構》（*The Structure of Scientific Revolutions*）對歷史的客觀性挑戰也很大，這本書對西方人文社會科學影響很大。談歷史客觀性時的重要模範是自然科學，但孔恩的《科學革命的結構》說科學不是客觀的，而是很主觀的東西，科學家並不特別具有懷疑精神，科學家是很保守的一群人，而且科學理論不是如波普（Karl Popper）所講的，先有理論，再不斷有事實來測試、甚至推翻理論。

孔恩反過來認為是理論把科學事實先掃進桶子裡面，然後把個別科學研究的成果塞進理論的典範（paradigm）裡面，等到有一天，產生很多非典範所能解釋的變異現象的時候，人們才開始慢慢思考這些典範所不能解釋的變異可能必須尋求另外的解釋，於是有人提出新理論，然後透過「科學社群」中的說服工作，慢慢形成另外的一個典範，所以是先有典範，再有科學家在裡面做拼圖填補的工作，而孔恩說典範是由科學家社群所決定，受種種政治社會經濟原因的影響，使得人們會放棄原來的典範，尋找另一個典範。既然科學也是由科學家社群決定，受種種社會政治經濟等影響，才能使科學家形成共識，既然典範先於科學家所講所做的實驗發現，如此科學的客觀性在哪裡？孔恩說，每一個典範都不能解釋所有大自然現象，新的典範解釋一部分，也丟棄了一部分，所以客觀在哪裡？

在我進入中研院以至到美國留學期間，德國社會歷史學派、美國社會科學影響下之史學、年鑑學派很有力量，尤其是法國的年鑑學派。我在史語所的同事康樂主持《新橋譯叢》時，便曾計劃大量翻譯年鑑學派的著作。大概是我到普林斯頓大學求學的第二年，便曾經花了一千多元美金蒐集了二、三十本年鑑學派英譯的著作。我個人寫過柏克（Peter Burke）《法國史學革命：年鑑學派 1929-89》（*The French Historical Revolution: The Annales School, 1929-89*）一書的書評，後來中文翻譯者放入書中做為導讀，其中談到年鑑學派形成過程與發展等大概。

柏克認為一九二九至一九八〇年代，年鑑學派經過三次變化，慢慢地從地窖升到閣樓，所謂地窖，是研究歷史底層、歷史結構、歷史整體長時段的變化，但到他們的第三代弟子卻又開始回過頭來研究人物，不過他們研究這些人物的方式已與傳統人物史的做法不同。柏克分成三階段來談年鑑學派，有失之簡化之嫌，但不無參考價值。

二十世紀後半年鑑學派影響很大，深入各國歷史研究，如美國、日本，甚至波蘭總理拉科夫斯基（Mieczysław Rakowski）便是年鑑史家。年鑑學派的主要影響有：

（一）使史學界研究的題目與材料無限擴大，這是它對歷史最大的貢獻。過去被忽視的歷史角落，每天生活都要接觸的各式各樣問題都可做為研究題目，如年鑑學派研究生老病死，尤其是死亡，研究各種文明面對死亡的態度、面對死亡的方式等，所以百年之後回頭看二十世紀的史學，年鑑學派的許多主張或許會慢慢流失，但其解放史學題目及材料，賦予題目及材料新意義卻有重要影響，包括各式各樣如圖像、口供、日記、實物等的材料。

（二）重視整體歷史（total history），如年鑑學派第二代代表人物的布勞岱（Fernand Braudel）認為應該寫「整體的歷史」，包括從地理、事件到個人，全部寫進去，所以布勞岱寫的《地中海與菲利普二世時代的地中海世界》（*La Méditerranée et le Monde Méditerranéen à l'Epoque de Philippe II*），只花七、八十頁寫最重要的那一場戰役，大部內容包括地理、空間、物質文化等，最後才寫到事件；他說事件只是泡沫，人只是泡沫，重要的是結構。

（三）布勞岱把歷史時間分成長時段、中時段（conjuncture）、事件（event）。研究歷史不能只熟悉某一事件，應還有長時段、中時段的思考。他的這三種時間觀念影響相當大。但布勞岱並未非常有力地把三種時間有機地結合起來。布勞岱的書《地中海與菲利普二世時代的地中海世界》、《十五至十八世紀的物質文明、經濟和資本主義》（*Civilisation Matérielle, Économie et Capitalisme, XVe-XVIIIe*）等書也因未把三時段串在一起，而受到一些批評。但他以這種時間觀念來看歷史，是過去少見的。不過，布勞岱的《十五至十八世紀的物質文明、經濟和資本主義》一書開啟無數題目，許多博碩士論文及各種討論會論文題目都可從其書中找到蛛絲馬跡，他告訴我們一種看歷史的新眼光。

（四）系列史（serial history）的看法：年鑑學派研究下層，講究整體（collective）的觀念，是受法國年鑑學派創始者布洛克（Marc Bloch）和費夫賀（Lucien Febvre）的老師輩涂爾幹（Émile Durkheim）影響，涂爾幹重視整體（collective）觀念，年鑑學派認為許多材料無法從文獻中獲得，例如廣大人民何時放棄基督教信仰，是無法從文獻中看到變化過程，所以要用各種零星材料，放在統計系列，從中得到歷史發展趨勢。例如沃維爾（Michel Vovelle）研究法國去基督教化過程：到底法國是在法國大革命以後基督教信仰才逐漸流失，還是大革命是長期去基督教信仰之高峰？他的書認為研究方法應從一些日常人們所不注重材料將之系列化，最後再看出其趨勢，因此統計許多遺囑中捐錢給教會的數目變化、教堂神像蠟燭的重量、建築空間布置等傳統史家毫無興趣的問題，但這些研究方法確實可看出長時段演進趨勢。這是一般老百姓想法，老百姓沒有聲音，必須靠迂迴方式去瞭解老百姓心態的變化，建構系列，而得出歷史發展，年鑑學派把這些研究方法用到相當精巧的地步。

（五）心態史（history of mentality）：將來回顧二十世紀史學，心態史也必然是年鑑學派留下的重要遺產。過去研究重點基本上是思想史，重視思想家、思想運動與社會和歷史的關係；哲學史研究哲學家或重要哲學論題的歷史形成過程。可是年鑑學派提出心態史研究，這與前述整體的觀念亦分不開，認為我們不只要研究偉大的思想家，同時也要研究一個時代中下層百姓的心態，如他們對生老病死、對神、對權利、對國王的看法等集體心態。他們認為凱撒時代一定有一些心態是從凱撒到他手下的士兵所共同擁有的，是集體的、整體的。

用心態史角度研究最有影響的是年鑑學派第一代創始人費夫賀，他現在雖然不如布洛克那樣受人敬重，但他其實是年鑑學派形成最關鍵的人物，既有學問，也有政治手腕，善於掌握權力與組織。他有一本重要的書《十六世紀的無信仰問題：拉伯雷的宗教》（*Le problème de l'incroyance au 16e siècle : la religion de Rabelais*）談論十六世紀不信仰的問題。很多人認為法國通俗喜劇作家拉伯雷是無神論者，可是他由心態史的角度來看，發現十六世紀根本不存在不信仰的問題。因為當時思想概念的工具中根本沒有「不信仰」這個概念，所以從當時心態環境看並沒有後人所爭辯的信仰或不信仰的問題，他認為這完全是後來人加上去的，而他舉例都從一個時代集體心態史角度方法來論證這個問題。這是相當有意思的書，可以看到思想不再只是研究個人，而是研究集體的心態，論證的方式相當有意思，這類作品在後來年鑑學派相當多。如杜比（Georges Duby）說法國把人分成三層，為什麼大家甘於這麼被劃分，如中國分成士農工商的區分法，這種心態一般思想文獻未提，但透過心態史重構，而瞭解一般百姓想法，故心態史研究是注重廣大下層人民的。但心態史也有其弊病，用來研究中國古代歷史則完全不行，與年鑑學派關係密切的一位史家曾用這種方式研究中國古代思想，結果看起來非常貧瘠，其最大問題是沒有辦法解釋變化，既然是結構的東西，持續時間相當長，但變化很少，也難以勾勒出來。總之，年鑑史學相當豐富，幾代的史學家非常活躍，中間也有許多曲折。

三、英國馬克思主義史學

由於普林斯頓大學有史東（Lawrence Stone）等左派史學大家，在其影響下，英國馬克思主義史學也是我當時感受到有重大影響的史學派別。馬克思主義史家可分為兩派，一派是教條的、官方的史學；一派是接受馬克思主義部分思想又加以修正的，著名的史學家多是先受其影響而後修正其思想，如希爾（Christopher Hill）、E．P．湯普森（E. P. Thompson）、霍布斯邦（Eric J. Hobsbawm）等人。

其中我最注意的是湯普森，其著作和論文開啟二十世紀下半期許多社會史和文化史的研究方式，影響很大。湯普森並非是十分專業的史家，他原先在勞工學校教授歷史，是一個忠誠的共產黨員，卻又修正馬克思主義的看法，最有名的書是《英國工人階級的形成》（*The Making of the English Working Class*）。我到美國唸書後發現這一本書竟然出現在許許多多課的書單內，這是非常令人驚訝的。這本書已經有中譯本。英國的馬克思主義史學透過他們所辦的《過去與現代》（*Past and Present*）雜誌發表，是西方語言世界聲望最高的歷史雜誌，和美國歷史學會辦的《美國歷史評論》（*The American Historical Review*）地位在伯仲之間，只是這幾年目前隨著馬克思主義史學大師凋零，而有些式微。

以《英國工人階級的形成》一書為例，它改變馬克思主義認為下層結構決定上層的說法。以階級意識為例，它說並非身為勞工即有勞工的階級意識，沒有天生的階級意識，而是靠文化不斷運作而產生，下層經濟結構不能決定上層文化結構，階級意識是歷史、文化、行動等等創造出來的，這大大改變一般人對馬克思的看法。當然湯普森的關懷勞工階級形成，提倡歷史要由下而上，這些觀念均受馬克思主義的影響。另外，如希爾主要偏向思想，最有名的研究是《清教思想和英國革命》（*Puritanism and Revolution: Studies in Interpretation of the English Revolution of the 17th Century*）。他們的研究有一個共同的特色，即歷史是由下而上，要使過去長期被忽略的那些貧窮百姓、勞工等都有其歷史。他們不像一些正統史家所認為的勞工階級文化是菁英文化的乖離，因為過去未把下層百姓看成是主體，所以會把他們的風格文化看成是正統文化的偏離，其實如果將其看成是主體，則其風格文化則是他們的創造，這種觀點對後來影響很大。湯普森的幾篇論文，如講道德經濟（moral economy）、講工人的時間觀念，幾乎都引起很大的迴響。

所以回顧二十世紀的史學，絕對不能排除英國馬克思主義的史學，他們基本上也是偏重社會史，尤其如湯普森、希爾、希爾頓等馬克思主義史家的影響深遠，使人們看歷史的方式變了，要由下而上，要正視下層階級產生的文化習慣，不把它看成偏離正常軌道，需要校正，其實下層階級自有其一套風格，與年鑑學派不同地從另一方面改變了歷史的看法。

四、史學的幾種新視野

此外，在我留學美國時期感受到當時西方有幾種新的史學趨勢。後來，我在臺大教「英文史學名著選讀」課程時，便經常加以討論。接下來我要舉例性地談談幾種趨勢。[2]

首先是政治思想史。因為我的本行是思想史，所以劍橋政治思想史學派的著作很快地進入我的視野。二十世紀下半段西方政治思想史界似乎隱然分成兩派，一派是對文獻思想內部精讀，做最深入詮釋與精細的發揮，以芝加哥大學的史特勞斯（Leo Strauss）及其學生為代表。他們奉行的研究方式，如研究馬基維利的《君王論》，就文獻中的每個字眼、內容、思想做最精細的推敲發揮；另一派以史金納（Quentin Skinner）、鄧恩（John Dunn）等人為代表，認為思想史要放在歷史的脈絡裡面，兩派中以此派站上風。史金納的政治思想史著作在西方的影響是無遠弗屆的，他的兩大冊《現代政治思想的基礎》（*The Foundations of Modern Political Thought*）影響很大。史金納在二十八歲時曾寫過一篇文章痛批史特勞斯等思想

②以下的內容部分參考 Peter Burke ed. *New Perspectives on Historical Writing*, Cambridge : Polity Press, 1991.

文獻內部學派，影響亦大。

兩派各有優缺點，他們都做過馬基維利的《君王論》研究。史特勞斯寫成六百頁的書，包括章節安排、任何細微思想均做發揮；可是史金納講馬基維利，則完全是另一種風格，聯經西方思想譯叢有翻譯，其中有許多殊勝之處，讓我們覺得這些思想不是在空中飄浮，而是放進社會政治脈絡中，馬基維利的話不單只是思想的話，而是有所指的，如馬基維利提到君王須知道在適當時候不道德，照史特勞斯的解釋，可能純從思想去講思想體系概念意義，但史金納則會說這句話是有所指的，針對當時義大利的政治環境，配合其思想而提出的。兩種詮釋方法相當不同，卻讓我有一種感覺，就是史金納的新政治思想史對政治思想詮釋雖然掀起這麼大的波瀾，但思想的豐富性消失了，他要把每一概念放到社會政治脈絡上看，使《君王論》本身思想的豐富性消失了。因為能放在政治社會脈絡的部分並不很多，我們反而要看史特勞斯對《君王論》的闡釋才能瞭解思想家思想的豐富、多采多姿與變化萬端。所以史金納的新政治思想史雖然席捲了政治思想界，但也失去一些東西，如果這些思想家不是因為他思想的豐富與深刻，為什麼還要研究他呢？

新政治思想史學派還因劍橋大學出版社一套書「在脈絡中的思想」（Ideas in Context）影響非常大。史金納曾說，如果要研究馬基維利的思想地位，你不能只看他講什麼，你還要把當時時代的語言約定（language convention）找出來，因為他們都受後期的維根斯坦的影響。後期維根斯坦有一重要概念——語言本身並沒有它超越的、不變的意義，語言是在日常使用中產生它的意義，語言產生的是language convention，一個時代共認的、約定俗成的概念。史金納受到這個影響，認為要找出思想家在那個時代的地位，必須看在語言約定下的《君王論》某些思想到底在哪裡。要研究一個時代的思想，他們會先把二流三流的書或手冊找出來看，找出語言約定後，再把思想家放在裡面，看出有多少部分是與那時代的約定是相同的，有多少是他邁越同時代其他人而展現獨特性的部分，如此才能評估時代的思想狀況和思想的特殊性。

小歷史（micro history）在當時的西方史學

界也相當有影響力（我的同事林富士即有《小歷史》一書），小歷史的代表性學者多是出自義大利，如金茲伯格（Carlo Ginzburg）的《乳酪與蟲》（*The Cheese and the Worms*），他們基本上是對美國過去幾十年受社會科學影響的歷史、或年鑑學派動輒處理幾百年的反撲，認為歷史研究不能再像以前，因為有如從十二樓高看下來的世界，看不到什麼，美國社會科學要找出規律量化曲線，需要用到多少電腦，累積多少材料，再得出其結論。他們認為人類生活世界的豐富性和精采性無法從高處俯瞰到，而應該在適當時間把史學規模縮小，所能看到的意義和豐富性有時是其他從宏觀角度講整體的幾百年歷史所看不到的。

但小歷史也面臨到「零碎化」的批評，因為要處理某世紀某個小鄉村的某個人的世界觀，與整體的大歷史圖像似乎沒有什麼關聯，要用很多過去所不用的材料，但下階層的小規模的如村莊史料很少，例如前進的史學家也希望在中國歷史材料找到非常具有意義的小歷史材料。幾部小歷史有名的書所根據的材料除非偶然得到，不然就是教會審判的材料，因為西方在中世紀以來對異端的審判，所問的問題非常細微，從外表生活到內心世界，因此留下許多好的歷史材料。像拉杜里（Emmanuel Le Roy Ladurie）在《蒙大猶：一二九四到一三二四年奧克西坦尼的一個山村》（*Montaillou, village occitan de 1294 à 1324*）一書中所使用的史料，一九三〇年教廷已將它們公布，但不大有人敢用它。而且用過去觀點來看這些史料，看到的是一群人被迫害的歷史，就審判材料來講，這些材料也有很大的局限性，因為人在審判時，並不一定代表其真實想法。至一九六〇、七〇年代以後，換一個角度來看這些材料，就像田野調查報告，很多小歷史的史家都用這類材料來重建小規模或下階層的某個人的思想、世界觀或生活世界等，基本上有零碎化歷史之缺失，但也幫助我們在一個時代大規模過度通論化（generalize）敘述下，去瞭解細部歷史如何運作。

幾十年來西方史學界非常流行的重要趨勢，是對過去無名的、沒有紀錄的下層民眾的歷史做一些研究，這是過去史學家比較不注意的層次，馬克思主義和西方的勞工運動對下層歷史影響很大。有一部很有名的沃爾夫（Eric R. Wolf）寫的英文書《歐洲與沒有歷史的人》（*Europe and the People without History*）是這方面的經典之作。猶記得我剛到普林斯頓前不久，娜塔莉・戴維斯（Natalie Davis）教授的《馬丹蓋赫返鄉記》（*The Return of Martin Guerre*）已拍成電影，引起極大的注意，這也是一部下層民眾史的代表作。

日常生活史研究也是重要的一支，年鑑學派後期有些一流的史家轉向日常生活史的研究，像阿利埃斯（Philippe Ariès）、杜比（Georges Duby）編了一大套西方《私人生活史》（*Histoire de la vie privée*）即是一例。同時也有一些過去默默無聞的書籍重新被挖掘出來，最好的例子是伊利亞斯（Norbert Elias）所寫《文明的進程》（*Über den Prozeß der Zivilisation* / *The Civilizing Process*）。此書在幾十年前已出版，但在當時學術風氣之下，感覺太平凡、沒變化而且沒有意義，所以不受重視，可是隨著大家對日常生活史的重視和興趣而復活，裡面討論西方文明禮儀如現在那套正襟危坐、餐桌禮儀如何形成等。其實中國歷史文人的日常生活史我們也瞭解很少，彰顯一個我們過去不重視的面，士大夫或者士大夫社群的史料是無數的，可是過去史學眼光和角度很少去注意，這方面的書寥寥可數，即便有《清季一個京官的生活》，然而其中生活史的部分很少。其實這方面材料很多，要等史學的眼光改變了，才會從這些史料看到意義。

接著是閱讀的歷史，過去史學界較少人研究閱讀和書籍印刷的歷史，以前這屬於圖書館系的範圍，但二十世紀最後二、三十年西方的印刷史（history of printing）成為十分熱鬧的一支，而且已大幅影響到中國史的研究，有幾本受到相當重視的書都與印刷史有關，或至少在背景部分大量運用古代的印刷和書本流通，說明文化學術的關係。普林斯頓大學的丹屯（Robert Darnton）教授一生均從此題目入手，他發現一個十七世紀的出版社檔案，有五萬多封通信，鑽研久了之後，看出一些非常有意義的問題，對整個法國大革命前後的歷史詮釋都有幫助。法國史家夏提葉（Roger Chartier）的《法國大革命的文化根源》（*The Cultural Origins of French Revolution*）一書研究書籍歷史，包括印刷材料、傳單、閱讀的歷史。從這個角度回頭看中國古代經典的閱讀詮釋發展史，是很有意思的，看詮釋如何形成，如何改變人們對經書的詮釋，形成支配力量，如乾嘉考證形成過程可看其閱讀變化、立下的標準與限制。過去的人不會以這種方式來研究。

婦女史方面，在一九六〇年代婦女運動的盛行影響下，婦女史先是流行女性主義（feminism），接著是婦女史研究，後來又流行性別（gender）歷史的研究，一波接著一波而來。人們在婦女史研究之後認為「history」應改為「herstory」，因為過去婦女沒有歷史，認為如果從婦女史的角度來看歷史，文藝復興、宗教革命都不會有，而婦女的歷史分期也完全不同。

還有身體的歷史（history of body），譬如研究為什麼「靈」和「肉」相比，「肉」一文不值，而「靈」就那麼重要，為什麼精神永遠比物質好，這種歷史是如何形成的？又如研究發瘋這個問題，在佛洛伊德之前和以後解釋有何不同，佛洛伊德之前解釋為撒旦附身或生理某方面的疾病，佛洛伊德以後認為這是精神問題。這些部分在過去很少人注意，但在過去幾十年來成為相當重要的一股潮流。與「身體史」有關的生命醫療史也是一個重要的史學潮流，現在臺灣史學界，尤其是中央研究院，早已形成了一支很強大的醫療史研究隊伍。

接著要談「敘述的復返」。在一九七〇年代有人開始反省，二十世紀追求的新史學竟然如此玄妙，寫出來的書沒人讀，裡面沒有故事，從希羅多德以來大家均認為史學家的基本任務為講故事，但是不管年鑑學派、馬克思主義史學或新經濟史學派等等都沒有吸引人的故事在其中。普林斯頓大學的教授史東在一九七九年十一月的《過去與現代》上發表的〈敘事的復興〉（The Revival of Narrative），震動西方史學界。文章其實並沒有太多創見，但它說中大家心中一件事：專業的歷史著作已經沒人讀了。他批評三派史學：一是年鑑學派的「整體史」，布勞岱建構那麼大的七寶樓臺——菲利浦二世與地中海世界，但是除了最後幾十頁外，幾乎沒有「人」在裡面，他的「整體史」與人沒有產生直接聯繫；二是批評馬克思社會經濟史，也很少「人」在內；三為批評美國新經濟史學派，一九八九年諾貝爾獎得主的新經濟史派學者（傅戈〔Joseph Fogel〕與諾斯（Douglass North）被他嚴厲批判，因為他們花幾十年用了許多助理做許多計量工作，但他們的書沒有人看得下去。曾任法國國家檔案館館長的年鑑學派第三代代表人拉杜里一九七〇年代出版了《史學家的領域》（*Le Territoire de l'historien Vol.1, Vol2.*），書中提到至遲到一九八〇年代，如果沒法設計電腦程式，就不能成為史學家。史東即針對這點批評說，做了這麼多問卷統計，但最後所得答案常常沒有意義。史東寫這篇文章與他個人的研究經驗有關，他從牛津大學到普林斯頓，受當時流行的計量史學影響，用了大量助理，統計大量電腦資料，大費周章地研究英國中產階級開放性或者封閉性的問題，結果大病一場，只寫成一本小書。當他在醫院養病時看一些十六世紀的小說、日記、書信集消遣，後來寫了《英國十六至十八世紀的家庭、性與婚姻》（*Family, Sex and Marriage in England, 1500-1800*），反而成為很重要的書。他之所以寫〈敘事的復興〉一文基本上也是他個人的反省。

最後，新文化史毫無疑問是二、三十年來最當令的史學派別，對新文化史有興趣者可以看亨特（Lynn Hunt）所寫的《歷史的真相》（*Telling the Truth About History*）一書，中文翻譯由正中書局出版，解釋為何會有新文化史。新文化史基本上認為我們現在看到的種種現象都是文化建構（cultural construction），許多我們研究的經典在當時都不是經典。莎士比亞的戲劇在開始時不是經典，它有一個被經典化的過程，一個文化選擇建構的過程。包括男女性別也是文化建構，西方對女人的要求期望與東方不同，對性別態度也受到文化的建構。所有的界域（boundary）隨時代社會變遷而變化，包括性別、身體、瘋狂或正常、有罪或無罪的看法，都是社會和文化建構的結果，任何約定俗成或以前認為不變的東西，在他們看來都是流動的和建構的，由此而開啟的史學問題很多。新文化史處理的許多體裁其實年鑑學派已經處理過，但方式不同，他們重視文化和社會的建構性力量，甚至如疼痛、某些緊張感覺也都是文化建構。馬克思主義認為一切都是經濟決定的，新文化史則認為一切都是文化社會建構的，既是建構的，就不是永恆不變的，也不是被社會經濟所決定的。

以上幾種流派，勢力雖有消長，但大多仍占重要的地位，屬於「現在進行式」。除上述之外，就我所知，近年來全球史似乎成為史學的新趨勢，但是因為我沒有涉獵，所以只在本文最末稍做交代。

五、重新思考卡耳的《何謂歷史？》

由上述新史學的趨勢，回過頭去看一九六〇年代以來的史學導論經典名著《何謂歷史？》，便有若干不同的想法。一九六一年，英國的俄國史專家卡耳（E. H. Carr）寫了一本《何謂歷史？》（*What is History?*），這本書是所有西方大學歷史系的入門書，雖然後現代史學挑戰那麼厲害，但此書仍經久不衰，可以在美國任何書店買到。該書寫於一九六〇年代，距今已近六十年，但我認為我們可以藉此回顧，在經過時間的變化後，人們對歷史究竟產生什麼不同的看法。

照後現代角度來看歷史的真相是不可能得到的，連很謹慎的史學家伊格爾斯在《二十世紀西方史學》最後一章也講，雖然不敢說可能得到絕對客觀，但是我們希望盡可能做到「趨近客觀」。卡耳已經是他那個時代相當前衛的史學家，書中有許多部分回顧起來仍然相當新，但他絕不會想到後來從文學、語言、哲學跑出一些人對史學的客觀性做出重大的一擊。以下我想從前面的新史學潮流出發，重新反思卡耳這一本書中的若干論點。

首先，什麼是歷史事實？卡耳說歷史事實與一般事實不同，一般事實很多，而歷史事實是歷史學家挑出其中一部分。但卡耳絕對沒想到歷史研究範圍可以如此寬廣：如身體的歷史、圖像史、感覺的歷史、心態的歷史、下層百姓的歷史、婦女的歷史。另外如傅柯（Michel Foucault）所寫的瘋子的歷史、診療院的歷史、法國公共衛生的歷史等等，這些都是卡耳所沒想過的。

接著是歷史中的英雄與個人，卡耳在書中談很多個人和社會關係，對此他持調停之見，認為個人和社會都很重要。可是過去幾十年歷史的發展，似乎傾向於認為個人並不重要，尤其是年鑑學派幾位大師認為個人只是泡沫，個人是被整體結構決定的，甚至於如後來日常生活史、小歷史宣稱要擺脫布勞岱那麼大的歷史架構的這些史家，其實也沒有真正如卡耳所討論到的對歷史有舉足關鍵的英雄或重要的政治人物。卡耳在講個人與社會時，重視的是大人物，很少談到下層百姓。

對歷史必然性與偶然性的討論，也是卡耳書裡的重要一章。在他寫此書之前，史學理論方面有一篇以撒·柏林（Isaiah Berlin）所寫影響重大、轟動一時的文章——〈歷史的必然性〉（Historical Inevitability），卡耳對這篇文章非常反感。不過現在看起來，卡耳對以撒·柏林有很大誤解。在《何謂歷史？》書中凡是提到以撒·柏林〈歷史的必然性〉時，他總是有意無意爭辯說以撒·柏林是主張偶然論。但閱讀以撒·柏林那本書和其他相關著作的會瞭解到，其實以撒·柏林只是認為「人」在歷史發展中有相當大的自由性與主動的角色，並不是如馬克思所講是歷史定律的囚徒，一定按幾個階段論發展。以撒·柏林認為人有自由意志可以左右歷史，但那並不一定就是偶然論。

卡耳在書中提到很多因果觀念，可是他的因果觀念多是一對一的因果觀念。從年鑑學派以來所講的是結構和個人的關係，結構式的因果觀對卡耳而言是陌生的，卡耳可能沒有意識到可以有結構和個人的因果關係。

最後，想談人是否能擺脫成見來研究歷史？若看過去幾十年流行的詮釋學或後現代對人的先入之見或偏見的反省或批判，尤其如伽達瑪的詮釋學認為沒有 preunderstanding，沒有 prestructure，沒有這些先入之見，要瞭解一個東西是不可能的；人不可能如同笛卡爾的理想澄清到如同一面光明鏡子般去看一件東西，而卡耳還留在過去傳統中，雖然相當有保留，可是他似乎沒法瞭解歷史研究要在承認人不能如笛卡爾講的像清澈的鏡子的前提下，而且是因為有那麼多先入之見才能瞭解歷史。

二十世紀結束前的幾十年，史學的發展使人們思考歷史的因果和客觀性都產生巨大變化，對照卡耳的書，許多是他所沒想到過的，所以有很多想法要變。新的並不一定是對的，但是可以做為一種對照。

後現代風潮，沛然莫之能禦，但是迎頭痛擊的書也不少，我印象比較深刻的是伊凡斯（Richard Evans）的《為史學辯護》（*In Defense of History*），以及澳洲史家溫楚特（Keith Windschuttle）一九九六年寫的《謀殺歷史》（*The Killing of History*）。近年來，我個人的觀察認為，對於「歷史客觀性」的強烈懷疑已漸漸退潮，在巨大衝擊之後留下的，反倒是後現代所留給史學工作者的一些反思。後現代提醒我們，做為一位歷史學家，必須承認人的有限性；後現代也提醒我們一件事，歷史是這麼多東西下的產物，有這麼多的先入之見、背景、權力、政治、文化社會因素支配歷史的寫作，所以史家是有限性的存在，做為一個歷史工作者要時時以此提醒自己。

我必須坦白承認，對於西方新史學的觀察基本上到前述為止，所以我對近一、二十年來的新史學潮流並沒有發言的資格。但是，我前面所提到的種種新史學潮流，大多仍有其勢力與影響，其中「年鑑學派」似有衰退的跡象。另外，特別值得注意的是，在過去十多年來，有一股新的史學潮流興起——「全球史」。我對這一個潮流並沒有深入的觀察與瞭解，只能浮泛地寫幾句。「全球史」重視「全球關聯性」。在「全球史」視野中，空間的想像受到很大的強調。「全球史」不以「國家」為限，而過去的史學則每每是以此為限，不只是政治史如此，其他許多領域的歷史也是如此。沒有了這個界限，往往不知道如何著手寫史。但是有許多東西的流通，是不以「國」為界限的，譬如人口的移動、思想、概念、流行病、瘟疫、物品、醫藥、器物、原料等等，所以「全球史」有其切要性。譬如在處理思想、概念時，應該注意跨國界傳播、涵融、流通；譬如普世人權或同胞愛的觀念，全球史的視野促使人們考量它們在全球各地的發展，而且注意到它們受到各地不同語言、文化形塑的情形。所以全球史與各地的文化史，不但不互相衝突，還可以是好夥伴。

在回顧了我所親歷的新史學潮流之後，想以三點反思做為結束。第一，在執筆改寫這篇文章時，我發現在我擔任史語所所長時所規劃的《中國史新論》（共十冊，聯經出版公司印行）中的主題，與前述的種種新史學趨勢有相互的關聯。不過，我最初的規畫中有「政治史」，但後來因組稿困難而未峻事，這多少也反映了「政治史」沒落的實況。不過近年來，我瞭解到「新政治史」有漸漸興起之勢（但因對此並無涉獵，所以不敢多談）。第二，我的〈人的消失？！——兼論二十世紀史學中「非個人性歷史力量」〉一文（收在《思想是生活的一種方式》一書中），其實在某種程度是對部分新史學潮流的反思。我個人認為西方近幾十年的史學發展，雖然開拓了許多新的方向，貢獻很大，但是有一個面向相當明顯，即「人」在歷史書寫中的分量變得愈來愈輕，或刻意被忽略、抹煞，而我希望在這些新史學的背景中帶回「人」的作用。在充分採用近代新史學的長處之後，我們要重新尋找「人」在這些結構性歷史因素中的角色與地位。這樣歷史會變得更有機，也更有挑戰性。最重要的是，讀者也可以重新在歷史著作中找到「人」的角色與地位，即使這個「人」已經變成是一個極度複雜的主詞。

第三，過去史學的專業化使研究者不必太關心非專業社群的讀者，也使各領域的研究者逐漸區隔開，但思想與社會、政治、教育等有複雜的「交互依存」性關係。我認為歷史是龔自珍所說的，是一種「大出入」之學。在專門的學科知識（內）之外，尚有很大的「外」的天地，必須與之保持呼吸相通，否則，這門知識會有內捲化的傾向。所謂「外」包括其他學科的養分，更包括社會經濟、習俗、現實局勢等，甚至是比較具有長遠性、永恆性的價值。我之所特別強調「外」「出」這個部分，是因為十九世紀以來是史學專業化的時代，這個時代的人類文明有長足的進步，但也有壞處，其中一種壞處即因過度專業而內捲、鑽牛角尖、排他，甚至會有狹隘性的危險。所以如何「入」而得其肯綮與竅門，用黃宗羲在《答萬充宗質疑書》中所說的對「繭絲牛毛」都能辨析毫芒，同時要能「出」，在大的格局、架構、長時段、現實的社會環境、長遠的價值系統中來審視、盱衡專精的追求是不是被固著化、本質化、內捲化。而且，「出」的時候也會得到新的刺激，促發新的關注，引出新的問題，進而導引新的「入」的探索。所以不斷的「入」、「出」，是一個不斷汲引活水、有生機的過程。

1824 蘭克 Leopold von Ranke《1494 年至 1514 年間羅馬民族與日爾曼民族的歷史》

1908 伯倫漢 E. Bernheim《史學方法論》

1916 索緒爾 Ferdinand de Saussure《普通語言學教程》

1939 伊利亞斯 Norbert Elias《文明的進程》(*Über den Prozeß der Zivilisation* ／ *The Civilizing Process*)，於 1969 年再版並英譯

1947 費夫賀 Lucien Febvre《16 世紀的無信仰問題：拉伯雷的宗教》

1949 布勞岱 Fernand Braudel《地中海與菲利普二世時代的地中海世界》

1955 以撒・柏林 Isaiah Berlin《歷史的必然性》

1958 希爾 Christopher Hill《清教思想和英國革命》

1961 卡耳 E. H. Carr《何謂歷史？》

1962 孔恩 Thomas Kuhn《科學革命的結構》

1963 E. P. 湯普森 E. P. Thompson《英國工人階級的形成》

1967 布勞岱 Fernand Braudel《15 至 18 世紀的物質文明、經濟和資本主義》

1970 張德昌《清季一個京官的生活》

1973 拉杜里 Emmanuel Le Roy Ladurie《史學家的領域（一）》

1975 拉杜里《蒙大猶：1294 ～ 1324 年奧克西坦尼的一個山村》

1976 金茲伯格 Carlo Ginzburg《乳酪與蟲》

1977 史東 Lawrence Stone《英國 16 至 18 世紀的家庭、性與婚姻》

1978 薩伊德 Edward W. Said《東方主義》

史金納 Quentin Skinner《現代政治思想的基礎》

拉杜里《史學家的領域（二）》

1979 史東 Lawrence Stone〈敘事的復興〉(The Revival of Narrative)
發表於《過去與現代》(*Past and Present*, nov.1979)

1982 沃爾夫 Eric R. Wolf《歐洲與沒有歷史的人》

維格尼 Daniel Vigne 導演《馬丹蓋赫返鄉記〔電影〕》(*Le Retour de Martin Guerre*)

1983 娜塔莉・戴維斯 Natalie Davis《馬丹蓋赫返鄉記〔書〕》

1985-87 阿利埃斯 Philippe Ariès、杜比 Georges Duby 編，《私人生活史》

1990 柏克 Peter Burke《法國史學革命：年鑑學派 1929-89》

1991 詹京斯 Keith Jenkins《歷史的再思考》

夏提葉 Roger Chartier《法國大革命的文化根源》

1994 阿普比 Joyce Appleby、亨特 Lynn Hunt、雅各布 Margaret Jacob 合著《歷史的真相》

溫楚特 Keith Windschuttle《謀殺歷史》

1997 伊格爾斯 Georg Iggers《20 世紀西方史學》

伊凡斯 Richard Evans《為史學辯護》

黃崇凱專輯

小賀待在阿魯吧總是很安心，因為他就待在自己的心裡。這些漫畫、電影堆砌出一層厚厚的膜，讓他在這裡反芻種種的夢，交換或授與別人關於這些夢的內涵。時不時有些客人會跟他聊起某部漫畫，透過反覆確認故事情節和細節，彷彿就能獲得理解。大多數人只是來聊天喝酒，偶爾抽幾本漫畫隨意翻翻，沒遇過誰像他如此寶愛這些漫畫收藏。有那麼一些時刻，小賀看著書架，多麼希望自己不是這裡的主人，而只是一個客人，意外走進夢想中的房間，驚奇地望著滿架漫畫不知從哪本看起。

——〈宇宙連環圖〉，《文藝春秋》

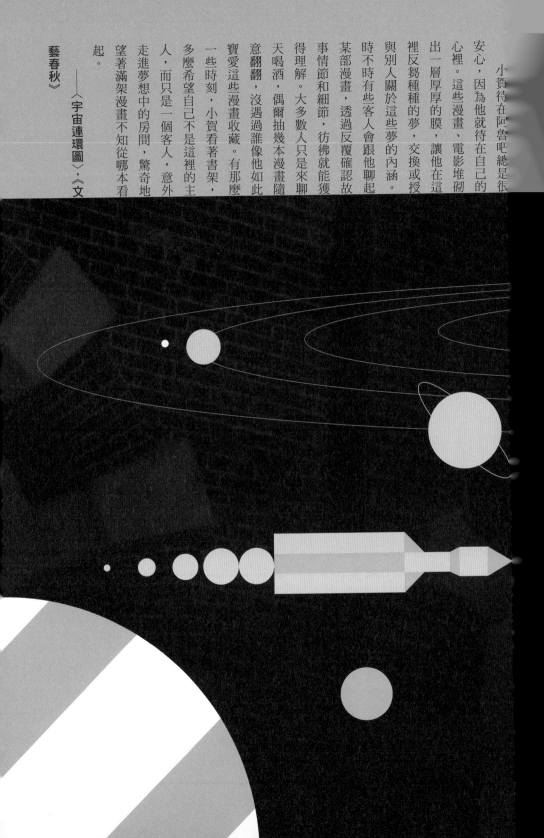

提早開催的玩具展

文藝春秋・書評

賴香吟

臺南市人。曾任職誠品書店、國家臺灣文學館籌備處、成功大學臺灣文學系。曾獲聯合文學小說新人獎、吳濁流文學獎、九歌年度小說獎、臺灣文學金典獎等。著有《天亮之前的戀愛》、《文青之死》、《其後それから》、《史前生活》、《霧中風景》等書。

前不久，我看了個叫作「莫斯科動物園」（ZOO MOCKBA）[1]的小型展覽，關於一九五〇至一九八〇年間蘇聯設計生產的塑膠玩具。蘇聯與塑膠，都不是柔美的詞，塑膠玩具也常給人不安全、粗製濫造的印象。不過，這些展品卻意外夢幻，雖是常見的小貓小狗，大象河馬、獅子老虎這些動物，但造型或色澤自成一種陌異美學，隻隻眼目姿態迷離，飽含訊息彷彿要引人到冰天雪地的夢境裡去。

這些展品後頭的時代背景是戰後蘇聯經濟改革啟動，提倡工業產品自主設計，一整代年輕設計師（多數是剛從列寧格勒藝術學院畢業的大學生）帶著迎向新生活的活潑自信，創造了這些陪伴一兩代人長大、與美國迪士尼卡通迥然不同的塑膠玩具。半世紀之後，這些當時大量生產、如今有些已經染上時間漬痕的日常小物，搭配一套織入蘇聯歷史與設計潮流的策展語言，卻比正史更使我生動感觸到冷戰的區隔，也對陌生的蘇聯設計美學起了興趣。

我是因此領略到黃崇凱《文藝春秋》在材料與展示手法的價值——此前編輯來信要我寫篇書評，我漫漫不知從何下手，此時忽然浮現路徑——這麼說吧，崇凱是在他的世代位置上，對他的時代記憶，做了一個策展。《文藝春秋》開篇小說：〈當我們談論瑞蒙・卡佛，我們談些什麼〉，看似想談瑞蒙・卡佛卻始終談不進去，且還插科打諢，抖落一代牢騷。崇凱世代與〈莫斯科動物園〉已有半世紀之差，可說完全在後冷戰的擴張

①如果對 ZOO MOCKBA 有興趣，可參考資料網頁：http://zoomockba.com。

局勢成長過來，地理藩籬已破，千里訊息只在幾秒之間，人想自外於世界也難，〈當我們談論瑞蒙．卡佛〉將臺灣該世代舉凡就業、愛情、婚姻、育兒等人生日常皆受兩岸政治牽制的現下與未來，一一鋪展，這當然不是一幅描繪時代興盛熱鬧的《清明上河圖》，而是流散萎困的眾生相，要不就是《威利在哪裡？》（*Where's Wally?*），一個迷失在全球化密集景觀裡的人物。

小說取樣卡佛，心有戚戚於抽象理念（寫作）卡於現實絞肉機的困窘，雖然敘事者暗把卡佛做為激勵，可在日常雜碎剪不斷理還亂，包括敘事者回想起來也是細雨綿綿無奈撤退的時代轉軸之下，談論卡佛，到底能談些什麼？就算把卡佛生涯倒背如流，就算終有一天時來運轉，終其後，在當代資訊海，不分派別眾皆膜拜的古狗大神指引之下，卡佛依然可能魚目混珠成另一個巨乳妹卡佛。今夕何夕。

這是《文藝春秋》開場的無奈手勢，呼應最後一篇〈寂寞的遊戲〉，無論哪一款作者皆已死去，文字念茲在茲千字萬言，未來展覽場只消按幾個鍵就可讀過；模擬體驗、虛擬實境，文學苦煉現實成概念，可今日未來又被帶回了樣板現實，就連作者，只要數據蒐集足夠，計算出來一個活生生的鬼跟讀者對話也不成問題。大勢所趨，文學莫非徒勞一場？雖然書名叫作文藝春秋，但文藝真能春秋？真有文藝可春秋？這些問號，從開篇遠拋到末篇，有接住，但沒有人揮棒，不知該判好球還是壞球。

在小說集完整面世之前，各篇零散發表，時間忽遠忽近，人物天南地北，一會兒戲謔，一會兒憂傷。我問過崇凱，何以是這些？他回答說就是想把一路過來對自己有意義的事物做個紀錄。小說原來草題《相遇》，雖平素但也如實，這些零星的相遇，缺乏譜系，缺乏說明，雜七雜八懸浮於過往人生，但總有那麼一天，時候到了，這些與自己消磨光陰的玩具漫畫、狐群狗黨、左鄰右舍，種種有營養沒營養的流言蜚語、靡靡之音，忽然閃現那麼一點不同，或即使相同，忽然之間勾起的情緒卻截然不同了。那些真是憑空出現的嗎？天地之大，誰將我像只棋子擺在這兒？我們遇見了，發生過什麼？過去未來，我如何長成今天的我？當我們記憶過去，我們記起什麼？

《文藝春秋》縱向以〈遲到的青年〉、〈夾竹桃〉、〈三輩子〉、〈狄克森片語〉將臺灣文學史段落化／故事化／人物化；橫向以〈你讀過《漢聲小百科》嗎？〉、〈宇宙連環圖〉、〈向前走〉及〈七又四分之一〉耙整／撿拾臺灣雜草叢生的文化土層。有仿擬，有對倒，有窺探，有獨白，有眾聲喧嘩，種種練技為的是讓我們繼續談論文學（的可能），也為的是不要顯露自身的過分認真與哀傷。

關於認真。明明已經狂想到腦袋可以移植，地球可以移居火星，進食只需列印代替的地步，小說還講究什麼滋味？偏偏崇凱還是苦口婆心字裡行間安插臺灣作家名號，明來暗去說說臺灣文學史，這不是認真是什麼？滿腔憂憤、夢想還得動用數位未來方可抒發。王德威評陳冠中《建豐二年》言「史統散而小說興」，崇凱看來不只興小說，還興趣把歷史與科幻織成同一回事，看似滿紙荒唐言，但換個角度想，那可是對地球以及臺灣當下何等擔憂，又何等期盼未來有所出路才能胡思亂想出來的夢？

關於哀傷，我想提一提袁哲生極短小說〈靜止在樹上的羊〉，寫的是小時候到圓山動物園，看見了一隻白色的山羊。

> 那天冷清的園區令人難忘，四處是灰灰的石頭和天空，找不到特別想看的目標，除了一隻白色的山羊。我從遠遠的地方發現牠站在一根橫斜的樹幹上，像是剛剛才在陳列館裡看見的標本被人放到樹上去的。我走近去看牠，牠的眼睛眨動了一下。
>
> 我不知道這個記憶是否真實，隨著回想距離的拉長，記憶中的景物不是漸漸變淡，而是慢慢靜止，不再移動，直到景幕中的我也變成了一個標本。樹上的羊依然文風不動，像是靜止在半空中的一個白色問號。
>
> 當我和山羊都固定了以後，周圍的景物又開始轉動起來。

「這個記憶是否真實」？白羊眼睛是不是真眨了一下？我在那個稱為「莫斯科動物園」、結合售票處、紀念商品，咖啡廳的半開放展場，似乎略為體會到了這個困惑：端詳那些乍看可愛又生詭異的動物玩具，明明周遭吵雜，卻像雪落下來的時候，世界慢慢安靜，所有聲音都被千奇百怪的雪花給吸收了，牆上照片顯示這些玩具曾被擺在許多房間裡，也被孩子們抱過摟過，如今他們都去哪兒了，這兒離蘇聯很遠吧，不，沒有蘇聯了……我愈看愈近愈狐疑，玩具們迷離的眼睛，請君入甕似地，滿意地，眨動了一下……

崇凱這本書，若從這兒打比喻，可能是將那個「眼睛眨動了一下」的片刻臨摹下來，不，恐怕是進一步搬演了好幾個「眼睛眨動了一下」的故事。崇凱世代不過三十來歲，卻經歷全球風向由開放轉向閉鎖，表象泡沫紛紛破滅的時代。一種對（此地曾在卻）消逝之必然的憂心忡忡，瀰漫全書，更甚隨手撿起昨日之物驚覺已是標本，然則不忍捨棄，如同孩子不能捨棄心愛過的玩具，因為那可是有過許多眼睛眨動的時刻呢。

要說《文藝春秋》是崇凱的玩具展，未嘗不可，展品本就帶有悼念或紀念的性質，《文藝春秋》字裡行間再多幾分迷惑與焦慮。節奏乍看歡快，卻有那麼幾絲哀傷的底音，再怎麼滑頭碎嘴，總也有慢下來的時刻，角色們疲憊、淡漠、無所謂，這世界幾乎沒有什麼東西會眨眼睛，就連年輕人也活累了。〈寂寞的遊戲〉作者如願死在五十歲，和他的玩具一起變成了展品（如同袁哲生：「直到景幕中的我也變成了一個標本」），這是哀傷吧？不過，「這樣滿好的。」《文藝春秋》全書最後一句話，以這一句話打住哀傷，也結束了它的狂想曲，倒回原點，人是會死的，莫像〈如何像王禎和一樣活著〉裡的阿公，活到一百多歲還死不了，去了火星還在搞二十世紀的手沖咖啡。

《文藝春秋》總想苦中作樂，於絕望處找點指望，既然無利可圖乾脆來搞實驗看看，當初單篇小說發表一會兒走老派路線登雜誌副刊，一會兒自印小冊放獨立書店寄售，又一會兒搞雲端列印，讓宅青們得出門跑一趟超商兌獎換購似地領號碼才能領小說，種種序中作亂無非嘲弄僵化體系，亦想動搖陳舊敘事，不過，整本書統整來看，還是亂中有序，鋪陳了我們的來時路，茫茫宇宙給自己定了位——雖然兒童與玩具不免都成標本，可安慰的是崇凱畢竟以小說之手，給自己選了標本樣式，也勉強回答了文學是否一場徒勞的問題。

然後呢?袁哲生的寫法:「當我和山羊都固定了以後,周圍的景物又開始轉動起來。」這是想像,是寂寞,是光陰,也是歷史了。

《文藝春秋》出版以來,世界繼續轉動,人互不能解其意,諸事都不能成,我們正在走向怎樣的未來?時代開過一扇門,如今又以另一種手法將之關上,正是時代的巨大反差迫使崇凱的玩具展來得如此之早,他憂心忡忡,不能捨其所愛,〈向前走〉說:「一下下就好,我請他眼睛借我,耳朵也借我」,〈宇宙連環圖〉說科幻電影總少不了一間酒吧驛站,「哪天他老得開不動一家店,但願他能變成某家店的常客。在這漫長的接力賽,或有朝一日,不只臺南,不只地球,可能在月球,可能在火星,總會出現一個暫時收留人心的場所。」

希望那個「收留人心的場所」,仍然和文學有關。

黃崇凱與文學做為一個蟲洞

比冥王星更遠的地方・書評

原文｜Gwennaël Gaffric, "Huang Chong-kai, ou la littérature comme trou de ver", in Huang Chong-kai, *Encore plus loin que Pluton*, tr. Lucie Modde, Paris, L'Asiathèque, "Taiwan Fiction", 2018, p.7-17.

本文原為法文版《比冥王星更遠的地方》（Lucie Modde 譯）書序。該作品收錄於亞洲書庫出版社（l'Asiathèque）二〇一五年起設置的「臺灣小說系列」叢書，和其他寫作風格獨特且關注今日關鍵議題的臺灣當代作家與作品共同呈現臺灣當代文學的部分面貌。該叢書目前出版作家包括紀大偉、吳明益、瓦歷斯・諾幹。

一如叢書中的其他作品，責任編輯關首奇（Gwennaël Gaffric）也為此書撰寫書序，為法國讀者介紹作者生平和出版背景，提供一個理解該作品的方式。

●**叢書臉書粉絲頁連結如下：**
https://www.facebook.com/taiwanfiction/

關首奇 (Gwennaël Gaffric)
生於一九八七年，現為法國里昂大學中國語言文學系副教授，同時也是法國亞洲書庫出版社（L' Asiathèque）「臺灣小說系列」總編。曾翻譯過吳明益、高翊峰、紀大偉、劉慈欣等華文作家的作品。二〇一九年出版《人類世的文學——臺灣作家吳明益的生態批評研究》專書（法文）。

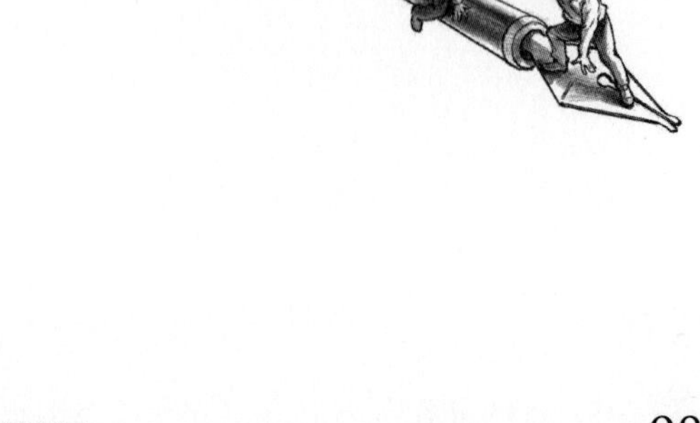

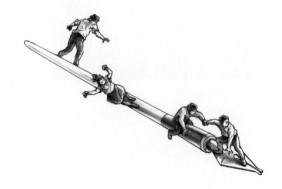

生於一九八一年的黃崇凱屬於「草莓族」世代，臺灣人用這個帶有貶義的詞指稱一九八〇年代出生的那一代人，意指他們和草莓一樣脆弱。除此之外，草莓族面對社會和職場壓力時也被認為普遍具有慵懶、叛逆、被溺愛、個人權益優先於群體權益和過於敏感的特色。

熟悉臺灣近二十年來社會現況的讀者，想必也很清楚生於一九八〇年至一九九〇年間的年輕人如何動員起來捍衛前人在那座島嶼上犧牲奉獻、得來不易的民主。

二〇〇八年，海峽兩岸關係協會會長陳雲林訪臺，上百名年輕人於首都臺北的自由廣場上靜坐抗議，要求修改《集會遊行法》中規定所有集會遊行必須事先獲得批準的條款。這場社會運動以具諷刺意味的「野草莓學運」為名（回應一九九〇年的「野百合學運」），在很多方面都預告了二〇一四年三月至四月間的「太陽花學運」。太陽花學運期間，大學生占領立法院議場三個星期，堅決反對執政的國民黨與中國政府間簽署影響媒體市場自由的《海峽兩岸服務貿易協議》。黃崇凱與其他同一世代的作家與藝術家都多次公開表示支持這場運動。

提出這些事件的意圖，並非在於定義草莓族作家的作品較其他世代極端，而是希望呈現他們與同齡的臺灣人共享的社會經驗與生活背景。

以世代為作家分類，對研究者和評論者來說是一種很便利的手法，也很適合用來介紹華語世界（比方說中國第五代、第六代導演），但卻無法客觀呈現當代臺灣文學的真實生態。

舉例而言，臺灣六年級作家（即出生於一九七〇年代）如吳明益、紀大偉、周丹穎（以上列舉出「臺灣小說叢書」出版的作家）還有高翊峰（法譯作品由另一家出版社出版）彼此的差異十分顯著。他們的作品中的確有一些共通點，比如魔幻寫實和科幻的元素，或者更廣泛地看，都受到歐洲前衛文學與電影的影響，但還是不能輕言「六年級世代」文學的存在。

同理，七年級作家[1]關注的焦點、創作的歷程和對事物的感受也是迥然不同。他們有太多的題材可以發揮，倘若丟進同一個模子裡鑄型，只會顯得荒謬，更不消說根本沒有模型容得下這麼多不同的類型了。然而，學者王國安[2]近來仍舊

①其中幾位作者如陳又津（一九八六）、朱宥勳（一九八八）、楊富閔（一九八七）的作品都收錄於法國文學期刊 Jentayu（二〇一五）的臺灣專號中。

②《小說新力：臺灣一九七〇後新世代小說論》（臺北：秀威出版，二〇一六）。

嘗試以臺灣的社會背景為基礎，整理出這些作家偏好的創作傾向，指出這一代作家與前輩的差別在於出生於民主化的社會，沒有經歷過戒嚴時期（一九八七年解嚴）或者只與該時期重疊幾年，所受的教育也較上一代人更為臺灣中心。只不過，他們如今也面對了屬於這個時代的挑戰，如經濟衰退、高失業率（特別是年輕人，也包括高學歷族群）和中國日益增長的經濟與政治實力。此外，這一代人在網路上都十分活躍（Facebook是臺灣使用比例最高的社群網路平臺），接受數位與虛擬文化的薰陶，並沉浸在唾手可得的美國流行文化中。

二〇一一年，黃崇凱和朱宥勳編選《七年級小說金典》，試圖分析該世代作家的特性，其中特別指出兩點：創造小型的新意、碎片化且私我個人的小敘述。[3] 後者散逸出一種顯著的趨勢，即青年作家摒棄再現九〇年代的大河小說傳統。這是「大」敘事的終結。某些批評者會自此下手，稱他們以自我為中心。然而，這個世代的作家不再直接承襲前輩的寫作譜系，他們受到外國文學薰陶，張開臺灣文學特殊的新層次。舉例來說，「七年級世代」中好幾位作家如黃崇凱、朱宥勳、楊富閔、何敬堯、盛浩偉等人都有歷史或臺灣文學碩士或博士學位。

黃崇凱的背景就是個經典的案例：雲林人，臺大歷史系碩士，除了文學寫作外，也參與了許多文學活動，包括耕莘青年寫作協會、擔任《聯合文學》雜誌編輯，甚至是參與字母會計畫。

他至今出版了四部長篇小說，《比冥王星更遠的地方》（二〇一二）、《壞掉的人》（二〇一二）、《黃色小說》（二〇一四）、《文藝春秋》（二〇一七），與一本短篇小說集，《靴子腿》（二〇〇九）。

從許多層面來看，前三部長篇小說都反映了他自己做為這個世代作家的特點：筆下的人物年輕、住在都市、受過教育，但都經常面對家庭或愛情的衝突，或者質疑生存的本質，進而企圖透過性或文學擺脫這些困境。《黃色小說》的主角是個為雜誌撰寫性愛專欄的作家，性幻想是他逃離現實疲態的唯一出口。但這種空想終究是失敗的，畢竟虛擬的幻想終究無法產生一種愛特有的具體感受。

《壞掉的人》故事中的三個主人翁他（尼歐）、

③黃崇凱，〈為什麼小說家成群而來〉，收錄於《臺灣七年級小說金典》（臺北：釀出版，二〇一一），頁三〇六。

她（崔妮蒂）、我（阿威）都是三十多歲的臺北人，年輕的人文社會學科博士在人生的困境，以及理論和不斷反思的條框間掙扎。未來在他們的眼裡顯得模糊，走不出家庭衝突，因而遁入人們眼中道德淪喪的性行為中，自我放逐（崔妮蒂下海賣身，尼歐則與充氣娃娃一起生活）。我快速地概括以上兩本小說的內容，希望讀者能與《比冥王星更遠的地方》產生一些共鳴。

另外還有黃崇凱二〇一七年出版的小說《文藝春秋》。這部作品與上述兩者的題材不同。該書名恰好同於主辦日本芥川賞的出版社「文藝春秋」與同名刊物，而以另一種姿態呈現。黃崇凱嘗試挖掘島嶼上各世代的問題，書中每一篇作品都以一個臺灣或其他地區的作家或藝術家為中心展開，如瑞蒙·卡佛、村上春樹、臺灣作家王禎和、聶華苓、鍾理和、黃靈芝、袁哲生和導演楊德昌。這部作品於二〇一七年獲得吳濁流文學獎正獎，整部作品連結臺灣島的過去與未來，展現黃崇凱與其他七年級作家除了承繼臺灣文學血脈外，也把其他世界的元素勾連起來的特色——讀者可以因此明白為何在眾多作家中，他會經常提起韋勒貝克和帕拉尼克（Chuck Palahniuk）。

文學血脈與承繼也是討論《比冥王星更遠的地方》時不可忽略的問題。

事實上，讀者們可能會想提問：作家首部長篇小說便以如此具象徵性的方式思考文學與創作者的本質，是出於對自我大膽的反思或是一種啟蒙的過程？無論答案為何，這本小說都廣納了文學創作的各種動機：鍛造新生命、鐫刻回憶、終結孤單、探尋存在的意義和面對死亡。

如此說來，《比冥王星更遠的地方》似乎走在後設書寫的路上。事實上，這種實驗性的寫作方式對臺灣作家而言並不陌生。根據簡奈特（Gérard Genette）的說法，後設書寫（即透過書寫呈現書寫的概念）是藉由小說的內容質疑小說或作者本身，同時也承認寫作的內容是虛構的產物。[4]

斷裂的敘事、纏繞的情節，以及鏡向的人物，所有讀者以為可以攀住的線索終將岔出新的旁枝，有時甚至是互相層疊。這種套層結構（mise en abyme）或是人物複製（duplication des personnages）的手法在文學和電影的領域中都不算新奇，但黃崇凱卻熱衷於以此動搖讀者的意志，

④ Gérard Genette, *Métalepse. De la figure à la fiction*, Paris, Seuil, 2004.

而這麼做對臺灣當代文學來說似乎也不是什麼新鮮事了。黃崇凱後來的作品中也有一些主題與角色特徵反覆出現，比如性變態、孤獨、父女或母子關係，還有因為過於乏味或無趣而癱瘓的人生。也許正因如此，紀大偉才在中文版書序中將這本小說定位在「後人類」書寫[5]（這裡談的「後人類」較接近韋勒貝克呈現出來的樣貌，與史鐸金（Theodore Sturgeon）的作品不同）。小說以歷史和具有身心障礙的人物貫穿，比如罹癌的母親、凹腦的表哥、死掉的雙胞胎兄弟、發瘋的美國皇帝，還有冥王星（從太陽系中被判出局）和生存基因不正常的自殺旅鼠……

然而，小說通篇的敘事還是以兩個「我」的記憶、夢境和意識流為主。作家童偉格在另一篇序中很精準地以（時光下游的）「述史者我」和（時光上游的）「看顧者我」來指稱這兩個被寫入者。我同意童偉格的觀點，黃崇凱似乎把我們從一個連續的時空拉到另一個時空之中，這個過程有時十分唐突，讓人感覺像被吸進蟲洞。就連書中人物也有如此感受：

> 那些相處的時空真的「過去」了嗎？我懷疑那沒有真的「過去」。它只是逐漸被推離到一個我感知不到的區域，基地臺電波覆蓋範圍之外的無法收發信號之所。我再也無法移動到那個時空，那個時空也被隔離閉鎖在視線之外。我只有閉上眼，藉著模擬過往的情境，瞬時穿梭到意念織就的景象。那是我內裡的哈伯望遠鏡，幫助我看見很久以前的光和爆炸，在聶魯達女孩的目光折回之前，看見她彼時的模樣。然後睜開眼，又回到空無一人的居所。（頁五十一）

天文學的援引在此並非天外飛來一筆，有如一九六九年登陸月球的行動一再被提起（就某些層面而言總是引發陰謀論之說），冥王星的隱喻貫穿整部小說，象徵每個身分永恆的動盪與不定。二〇〇六年起，冥王星被排除在太陽系的九大行星之外，但這個星體並未就此消失。它的質量、體積和行進軌道始終不變，唯有身分、故事和記憶都被否認、抹除或改寫了（希望哪天好奇

⑤紀大偉，〈後人類功夫——黃崇凱的人畸一體小說〉，《比冥王星更遠的地方》書序，臺北，逗點文化，頁十六——二十一。

的外星生物遇上先鋒計畫的無人宇宙探測飛行器時，還有勇氣在浩瀚的宇宙中找尋金板上刻了九顆行星的太陽系）。拿冥王星的狀態來比喻臺灣的現況也許太過頭，但文中人物錯置的身分，以及難以明確定義真實與虛構的「我」，都讓人聯想到白矮星的生成過程，也挑起臺灣人每日面對的問題。他們比任何人都瞭解，無法決定身分與未來的悲哀。

比冥王星更遠的境域之外還有什麼呢？仍舊是一片夢土？一個更幽暗的空間？一個虛擬與實境共存且不違和的環境？還是一個等待改造的處女地？正如黃崇凱所說「事件視界之外」，作家是否應把視野延伸到地平線之外？畢竟他們是最輕易就能改寫宇宙時空法則的人，不是嗎？

時態的自由是中文句法的優勢之一，黃崇凱充分運用這項特徵創造出交疊錯置的時空。而法文譯者露西・默德（Lucie Modde）更是成功地膨脹、扭曲本質剛硬的法文，完美地把原文的詩意交到法國讀者手中。

黃崇凱與essai

字母會作家論

楊凱麟

巴黎第八大學哲學場域與轉型研究所博士，臺北藝術大學藝術跨域研究所教授。研究當代法國哲學、美學與文學。策劃當代小說實驗「字母會」。著有《虛構集：哲學工作筆記》、《書寫與影像：法國思想，在地實踐》、《分裂分析福柯》、《分裂分析德勒茲》與《發光的房間》、《祖父的六抽小櫃》；譯有《消失的美學》、《德勒茲論傅柯》、《德勒茲：存在的喧囂》等。

黃崇凱從事一種「議題導向」的小說事業，他的二十六個字母以臺灣情感為主導動機，縱深於（臺灣）社會、歷史、政治、性或文學所舖展蔓衍的問題場域。透過故事（或故事形式）的敷演，一個個屬於當下與自身的「臺灣問題」被給予血肉，逐步明朗與尖銳。或許可以把這種小說形式稱為「論文小說」（essai à la nouvelle）。這意味著，小說創作本身總是猱雜著觀念與故事，在講故事的同一時刻，對於某一當下問題的論述亦悄然掩至，故事並不（只）是故事，而是一個被故事促使可見的「臺灣問題」，因而在某種程度上，黃崇凱的小說即政治，文學流變為政治意見或態度，但這並不只是他的小說內容具有政治的指涉，比如字母F（臺灣與另一島國的合併）或I（臺灣朝夏威夷漂流），而是這種「議題導向」的敏感性使得他的文學作品就地成為一種必要的當下政治決斷。由是，在小說裡，敘事與論述、故事與問題總是平行誕生，相互滋養，直到兩者的不可區分。或者不如說，正是在這些總是表達某種社會、歷史、政治或性的故事中，「臺灣如何做為一種當代小說的對象」成為黃崇凱嚴肅思考與實踐的文學問題。換言之，在《字母會》中，臺灣正以一種「當代小說客體」被重新書寫成形、道成肉身，並因為這種獨特性而被賦予了文學的可述性／可見性。

做為一種當代小說的對象，臺灣是什麼？這是黃崇凱在二十六個字母中，透過火星移民（字母A）、約炮／偷情／妓院／3P／偽娘／同性婚姻（字母B，D，J，L，V）、吐瓦魯與臺灣併國（字母F）、臺灣島往東漂移（字母I）、文學獎／文學史（字母M，X，Z）、職棒（字母N）、補習班招生（字母S）、外勞與基本收入（字母Y）……提出的總合答覆。在這些異質卻又若合符節的「臺灣文學切片」中，提供了一種萊布尼茲式的多元視野，這些龐雜且特異的性經驗、社會寫實、政治幻想與科幻情節，乍看紛歧撩亂，無有文類的相關或必要，但卻共同構成了一種「透視的加乘」（multipliée perspectivement）[1]，二十六個字母展現了同一個對象的不同觀點，如同「同一座城市從不同側面看」，臺灣成為一種可以由無窮異質切片與不同文類所混種組裝的特異性系列，並因此構成了指向其自身差異維度的「諸眾」（multitude）。

無疑的，這種「文學諸眾」來自黃崇凱在字母會（或許也包括《文藝春秋》、《黃色小說》與其他作品）中所欲實現的當代小說實驗性。然而在深入探究這種藉由文學創作所表達的性經驗、社會、政治或文學等諸般臺灣當代問題之前，首先必須釐清的是，這並不是形式先決的古典「實驗小說」，亦不應因涉及同性婚姻、外勞或臺灣國際地位等內容而化約為某種現實主義小說。事實上，文學形式與現實內容的調校合焦都是不可或缺的書寫條件，但或許並不是決定性的，因為堅挺在二十六篇小說中的是一種涉及「論文」（essay）的小說書寫態度。

源自拉丁文exagium的essai，以特定主題抒發個人的判斷、考察與斟酌，使得哲學反思的豐饒與深邃展現於書寫之中。這便是蒙田在《隨筆集》（*Les essais*）的風格化書寫方法，不僅僅在於文字抒情，更在意於哲學反思。重點在於，不論是前者或後者，都不可能歸屬於任何既有的教條或套路，因此傅柯在《性史》第二卷提及的要求或許更具意義：

> 「論文」（essai）——必須理解為真理遊戲中自身更動的檢驗（**épreuve modificatrice de soi-même**），而非在溝通目的下對他者的簡化占有——就是哲學的鮮活形體，如果哲學現在仍然至少是它過去所是的，亦即，在思想中的「修行」（**ascèse**），自我練習[2]。

① Leibniz, *La monadologie*, §57.

② Foucault, Michel(1984). L'usage des plaisirs. Paris : Gallimard, 14-15.

如果黃崇凱的字母瞄準的是 essai 在此意義下的文學修行與自我練習，是具有傅柯所提出的、具啟蒙意涵的「自身更動的檢驗」，那麼書寫與閱讀這些整體圍繞著「臺灣問題」所創造的短篇小說，便取得了臺灣文學絕無僅有的獨特位置：一種透過小說的書寫與創造所欲達成的、自我對自我的系譜學式更新。其一方面逆溯時間，將臺灣所曾做、所曾是與所曾想的歷史提升到事件的層級，重新賦予存有的意義，另一方面，在不斷地自我練習中，嘗試塑造出臺灣仍然飽滿著「自身更動」能量的鮮活形體。

黃崇凱的這些「論文小說」，由A到Z，介入到臺灣各層面的不同議題與不同經驗：夾娃娃機、約炮、國家獨立、安養中心、職棒、資源回收、同婚、外傭、偽娘、殖民或移民、補習班招生、綁架、冥婚、小三、3P……，在時間跨幅上將臺灣的現實性由過去往遙遠的未來拋擲，甚至一直到火星移民，在小說文類與形式上，科幻、性冒險、政治幻想、社會寫實、八卦、文學史檔案、成長、運動、警匪、鄉土、宗教……輪番上場，二十六篇小說具體表達了文學的「不確定原則」，一種勢必要由（後）未來所展現的（前）當下。某種程度上，似乎正符應了李歐塔在講述後現代藝術時的特徵：「一個藝術家，後現代的作家，置身於哲學家的處境：他所寫的文章，他所完成的作品在原則上並不被已建立的規則所統治，而且也無法以決定性的判決方式來判決此文章、此作品應用於已知的範疇。這些規則與這些範疇正是作品與文章所追尋之物。」[3]

在 essai 這種文體對「個人的判斷、考察與斟酌」的啟蒙式要求中，同時也在李歐塔的這種「後現代」的高度不確定原則中，黃崇凱的二十六個字母從不同的角度，以不同的身形竄出，包圍了他所考察與斟酌的臺灣，以及更重要的，臺灣文學（或文學臺灣）。

從字母A開始，做為文學客體的臺灣便由時間上的未來進場，成為火星殖民旅程的組成部分，臺灣在空間的量體上極大化地往外太空擴延，科幻小說所允許的宇宙尺度已為接下來的字母立下一個尺度無限寬廣的界碑。然後我們便讀到朱爾・凡爾納（Jules Verne）式的、以地球科學為基準的政治冒險故事：臺灣島往東漂移或水淹太平洋環

③ Lyotard, Jean-François(1982). Reponse à la question : qu' est-ce que le postmoderne, in *Critique*, n°419, avril 1982, 367.

礁島國。由特定字母所定下的時空奇異點，同時也正在政治、性、文化、日常生活等不同領域中為臺灣劃界，一種特屬於臺灣認同的批判性觀點逐漸成形，成為一種小說，而小說也因而等同於一種特殊的 essai，或「論文小說」。做為小說，論文小說既是主觀的判斷，卻也伴隨哲學的反思；既是自我的練習，又是自身更動的檢驗；既是規則的尋覓者，又同時創建了規則。

這是一趟無比蜿蜒與一再歧出的文學歷程，而不無巧合的，正是在指涉「摺曲」的字母P中，黃崇凱明確示範了這種書寫練習（同時亦是「文學修行」）的極端形式，然而，這亦是他的所有字母中最怪異與讓人困惑的一篇。黃崇凱的每一字母都可以說設定了某種文類，字母P是後設小說。在小說老師的嚴厲指導下，小明與我練習著怎麼在短篇小說中「塞進」一個人、兩個人，直到「塞進一座城」。首先被塞進來的，是一個遭到綁架的富商與兩個看守小弟的故事，小說老師對於情境、數量與觀點的錯誤痛加批評。富商接著蛻變為一條狗，或其實變成狗的是仍然在構思著富商的我，有著狗的嗅覺的我被牽到綁著一個女人的舞臺，怪異地準備表演人獸交。原來，我的小說已無預警地摺入小明寫的故事，而「小明常亂寫」，「他有次寫練習，寫一個正在編寫練習的傢伙在編寫一個正在想著編寫練習什麼的傢伙。」這樣練習著寫小說的兩人組接力進場，直到無窮的後設疊加，其實直白地教育著我們當代小說重層疊瓣的「真理遊戲」，一切書寫都早已是虛構的連環套入與「全面啟動」，夢中夢之夢與花園中還有花園。然而，小說形式（即使是後設小說）的展示並不太是黃崇凱書寫的目的，或許相反的，這些被召喚而來的各種文類僅僅是其書寫的零度，小說的起點，黃崇凱的「論文小說」僅僅在此啟動其主導動機。在我的「流變．狗」（devenir-chien）之後，一種歷史主義或歷史終結論的反思浮現：「歷史在很久很久以前終結了，我們僅有無限延長的現在。〔……〕我們沒有過去、沒有未來，只能站在歷史的身邊假設一些遊竄的故事。」

如果歷史終結，黃崇凱也絕不是福山（Francis Fukuyama）式的歷史命定論者，而是在本質上持存於本格的小說本體論之中。意思是，在書寫平面上一切都必須被再虛構出來，歷史的終結意味著虛構的必要與迫出，在壓縮到無有廣延的時空奇點裡有著無窮無盡的「遊竄的故事」，字母A、B、C……之後仍有a、b、c……。正是在這些不斷再「塞進」的故事裡，臺灣問題將一再獲得被文學重新凝視的僅餘可能，以小說的獨特形式再次地激活與更新，論文小說家黃崇凱正催動著他的系譜學書寫，他的「臺灣文學修行」。在結束後有無窮真正的開始，如繁花綻放，這是何以潘怡帆在評論裡指出，黃崇凱「通過一個句子，構成可無限攤展『生』的摺曲」，因為「唯有持續編寫才能存在」[4]。臺灣的文學存有成為一種在空無中的自我奠立，因為「所有的弟兄民族和英雄祖先總有個開始，我們沒有，我們就是我們自己」。由無窮無盡「編寫練習」所創生的文學空間，既無真正的開始亦絕不會結束，而正是在此，歷史終結但同時卻也是寫作的零度。

繞經所有字母、做為字母會最終篇的Z，黃崇凱編寫了一則未來的歷史：移民日本的臺灣第二代「我」重新返臺學習中文，投入了文學作品的翻譯。我們很難不將這個未來故事視為過去臺灣歷史的對倒，而時空對稱凹摺的中心，正是小說敘事者的伯父，一個「個人生命與島國命運錯綜交織」的中年臺灣小說家（黃崇凱自己的未來？）。字母Z除了有故事的多重塞進摺入之外（字母P的迴返），更以一種時態上的「先未來式」（futur antérieur）從事時間的複式疊加。小說中的小說各自持存在臺、日的不同時間與生命處境之中，而在小說裡提及的一篇小說中又存在一個「常在苦惱與寫作有關的事」的敘事者，當然，這個寫作中的「他」既不是「我」，也不是我的伯父。在更潛入的虛構中總是還有思考著虛構的書寫者，黃崇凱似乎使得這樣的「概念性人物」遍布於現實與虛擬的各處夾縫之中，無所不在，既苦惱著寫作，但卻也讓寫作的可能遍地開花。每一則小說於是都成為其他小說的鏡像，都同時已經「塞進」所有小說的處境，也都已經是另一則小說敘事者說出的故事。在這樣幢幢人影的語言深處，「這個重新發明自我的文學少年，在漫長的寫作生涯裡，從未真正存在過。他是沒有名字的人。」

幽靈般的文學存有模式似乎是悲觀的，然而這個無所不在、總是苦惱著寫作的「他」，亦可以

④《字母會P摺曲》（臺北：衛城出版，二〇一八），頁一三八—一四一。

是布朗肖、傅柯、德希達或德勒茲在提及當代文學作品時所援引的第三人稱，在語言迷霧中喃喃自語的「人們」（on），或在一切人稱的表象之下催動文學生機的無人稱威力。書寫總是讓書寫者苦惱，但也因為在文學中總是存在著比所有人稱（你、我、他，或你們、我們、他們）都更為巨大的力量，而總是能從僵化的建制與典範中重新畫出一道逃逸之線，給予生命最鮮活的形體。

黃崇凱的最後一個字母結束在敘事者下決心要投入文學場域之中，「我的目標是日後要寫出自己的作品……」，然而作品缺席，而且繼續缺席，仿如《追憶似水年華》的結尾，文學總是處在自身誕生的微光之中。

小說家，歷史的隱藏攝影機

專訪

日期｜2019.6.14｜13:00~17:00
地點｜南十三咖啡

莊瑞琳 × 黃崇凱

旁觀二十一世紀第一個十年的臺灣文壇

你有看完這個訪綱嗎？

有有有。

超長，不好意思。因為還是想從源頭去問一些問題。常聽到你在演講的時候提到文學的起點，可是每次聽就覺得，其實你是要去描述你本來是離文學很遠的一個人，不管在國高中的時候看漫畫、武俠小說，喜歡籃球看籃球雜誌，讀到唐諾的文章會看到詹宏志、張大春甚至

李維史陀，這種不認識的名字，然後跳到大學，在某一年國際書展，因為打工買到駱以軍的《遺悲懷》。可是我比較好奇的是，這些碰到文學的機會，一直到你開始以一個作者身分發表，當中有沒有其他過程，會讓你去參加文藝營，或者二〇〇四年想要接近「小說家讀者」這群人，或《野葡萄文學誌》跟文壇新秀有關的計畫。你剛好追上了六年級生非常想在文壇做一些造反或革命行動的時期。所以在這個過程裡面，有沒有什麼事件，或者是哪一些東西或作者，更具體地影響你？

我覺得，還是袁哲生。最早當然是唐諾，實際的人的話，我覺得應該是袁哲生吧。我大一國文修了現代小說，其實我很常蹺課，反而因為老師規定我們要買很多選集，有時候無聊就拿起來翻個幾篇，就看到駱以軍，再加上國際書展打工時買了駱以軍的書，而且是從他最新的《遣悲懷》開始看，我看的時候也不知道邱妙津是誰啊，完全不知道他的對話對象，但我覺得他的東西就是有一種魅力吧。然後大三升大四的暑假去參加《聯合文學》文藝營，其實沒有多想，就覺得好像比較接近文學，或者可以看到作家本人，蠻有趣的。那時候導師是袁哲生，一開始不知道這個人是誰，看到簡介後，知道他是《FHM男人幫》副總編輯，就覺得很親切，想說我好歹也是每個月都會去宿舍交誼廳看《男人幫》雜誌。營隊都會有一個回頭書展，可以用五折買書。袁哲生的書我當時我都沒有看過，也不知道他是誰，可是我就是想說，趁這個機會買一買。

去文藝營的時候，有想要當一個寫作的人嗎？

沒有，那時候沒有想得很清楚，只是覺得去見識一下，去見個世面那種感覺。

那時候就幾乎買了袁哲生的所有作品，就是在那邊可以買得到的。

對，很多同學應該跟我一樣，根本不知道袁哲生是誰，也是興沖沖買了袁哲生的書，然後請老師簽名。我想說，我可是連《男人幫》都有看，但我都沒有找他簽名，因為我覺得沒有讀人家的書就去找人家簽名，很不好意思。心裡面還有點鄙視這些人。但我買了也沒有馬上讀，是到隔年，他自殺的消息傳來以後，才在那一兩個月把他的書全都看過。在那之前，就只有零星看過得獎的〈秀才的

手錶〉啊，〈送行〉啊。小說家讀者（6P後來變成8P）也都受袁哲生影響。可能不是作品或者寫作上真的受影響，而是很實際受他照顧。比如王聰威跟高翊峰就是和他一起工作，童偉格是因為他做評審認識，就被找去寫稿。李崇建、許榮哲其實也都是類似的原因，被袁哲生找去寫稿。所以後來他們在寶瓶出書，也跟袁哲生有很奇妙的淵源。因為袁哲生，還有寶瓶創辦人朱亞君，當時她的丈夫蔡逸君是非常非常要好的朋友。所以這些人他們早期比較重要的作品都是在寶瓶出版的。我覺得這就是一個很實際的連結。對我來說，我好像是複製他們年輕時被袁哲生照顧過的那個路，等他們自己也變成《野葡萄文學誌》主編，《聯合文學》主編，《FHM男人幫》或者是《GQ》主編的時候，也會找我去寫稿。

你開始寫作，是不是投稿到小說家讀者新聞臺，他們「來篇屌小說」的活動。

對，我有試著找一下，就是已經……（莊：找不到了）應該就只是一個短短的東西。我今天還看了一下那個通知信，是二〇〇四年五月十六日，下午在國聯飯店，邀了很多人去參加一個類似party的活動。那時候新聞媒體的藝文版也還會報導，我記得他們那天很像男孩團體，全部都穿白襯衫牛仔褲。我去投稿只是因為，入選就可以去參加那個party。

那你還記得那篇到底是什麼主題嗎？

我忘記了，可能也沒有寫得很好，所以不重要。

所以第一篇正式發表應該就是《野葡萄文學誌》那一篇〈評審意見〉？

對。

那一年也是二〇〇四年，你覺得寫那一

篇作品的時候，有覺得寫作這件事情是你會做很久的事情嗎？

沒有，只是單純覺得有趣，好像我也可以來寫一下。因為我大一修國文課，沒有自己的電腦，還是用手寫稿。為了逃避每個禮拜要交閱讀摘要，可以用期末一篇六千字的小說去打發，所以我就去寫小說。

大一你就交了一篇小說當作報告？

對。好像兩篇吧，那時候還有給朋友看過，非常可恥。

你應該也不記得寫了什麼了？

對。一隻狗跟一個老人之類的那種故事。超爛的。然後就被老師講說，你的角色交換身體之後，只有會罵髒話跟不會罵髒話的區別。

《野葡萄》那篇是因為你去參加搶救文壇新秀大作戰……

對，他們的規則就是，要先投一篇小說給他們，有入圍的人好像有十幾個吧，就是去溫州街那時候有一家 Cafe Odeon，在雪可屋斜對面。我們被通知說晚上要在那邊等候面試。

我覺得他們有創造一個很獨特的氛圍，會很吸引根本不知道文學是不是自己志向的人……

剛開始會覺得說要像這些人一樣，要得三大報文學獎，才能算是入這一行。但文學獎非常激烈嘛，很不容易才能獲得。他們做了這件事情，看起來像是要打破一篇作品定生死的狀態，對我來說當然也會覺得這種形式比較有趣。而且入圍最後選四個人出來，由8P兩兩一組指導，有點師徒制的味道，我覺得那是一個非常聰明的做法，等於讓雜誌企畫可以跑至少半年，從徵稿到面試過程都可以做成內容，他們每個月碰面討論的東西，也可以刊在雜誌上面。他們那時候就是短期連載三個月，最後入圍的四個人再交出一篇作品，他們再一起決定。八個人開會決定的那一天，我被找去當記錄，我好像一直是旁觀的讀者或聽眾，雖然我最後跟這個文學獎沒什麼關係，我是在面試那一關就被淘汰掉的，可是整個過程，好像從頭到尾我都在場。反而因為這樣子認識這幾個人，他們就像大哥一樣，聚會的時候會找你去一起吃飯聊天，接著他們要辦什麼活動，要找誰寫一些邊欄，可能就會發給你寫。

袁哲生過世那一年好像是一個轉折，我覺得你好像旁觀見證了臺灣文壇的一些變化。受袁哲生照顧的六年級，後來慢慢成為臺灣文學獎項或者是雜誌出版重要的人。你怎麼更進一步看，在二〇〇五年前後的文壇，你那時候是比新秀還要新秀的角色，會怎麼去記憶跟描述那是一個怎樣的二十一世紀的第一個十年。

我覺得中間最重要的轉折點，應該就是我去參加8P辦的「搶救文壇新秀再作戰」文藝營。第一屆我是工作人員，打雜跟撿廚餘的。第一屆很神奇，洪茲盈、徐譽誠、賴志穎、神小風、朱宥勳全部都出現在那個營隊。朱宥勳那時才高三，兩天一夜的營隊，可是裡面有些人是我之後十幾年的朋友。我覺得那個文藝營扭轉了我們過去對文藝營的印象。因為許榮哲的概念就是說，不管是聯合文學的文藝營，還是後來又分出的印刻，做法都一樣，就是找一堆作家開演講課。大部分的作家口才都很差，我去上過課，當過輔導員，知道很多人講得很無聊。可是這個營隊就是弄得比較好玩，形式上會讓你覺得真的有設計過，可以在那邊認識一起寫作的朋友，不像其他營隊，可能回來之後你其實沒有認識任何人。我覺得那時他們真的蠻有活力在做事情，有些人還沒三十歲，有些人三十出頭，都比我現在年紀小。那兩三年間，我覺得吸引蠻多比他們年紀更小的、對文學有憧憬的人。像宥勳當時才十八歲，其實已經很瞭解文學的狀態，也拿了重要獎項了。

我會這樣問你是因為，在九〇年代，對駱以軍、陳雪和顏忠賢來講，九〇年代就是社會力迸發，因為已經解嚴了，所以那時候張大春，楊澤這些人在大學任教，掀起了一波新的文藝青年的出現。到了二十一世紀第一個十年，好像有新的困境出現了，小說家讀者這群人非常想突破以前文壇的形式。所以我很想知道說，你做為被他們吸引來的所謂下一批的年輕人，你們在當中感受到的文學是什麼，時代氣氛又是什麼。

確實回想起來，那幾年應該是駱以軍開始被六年級跟七年級的創作者當成一個指標人物的時候，他寫《壹週刊》專欄，也一直有穩定地產出小說。確實除了他，也沒有別人得到更多討論與能見度。而且很神奇的，在二〇〇四、二〇〇五年，黃國峻、袁哲生接連離開之後的幾年，好像很多人都沒有在寫作。比如賴香吟有幾年都沒發表什麼作品，黃錦樹也比較沒有作品，那時候可能他寫論文比較多。所以就文學創作上來講，好像能夠影響到下一輩的，還是以四年級的作家為主。但事實上張大春或朱家姊妹那個時候基本上已經也沒有什麼產出了，張貴興也差不多在二〇〇一年出完《我思念的長眠中的南國公主》以後就沒有寫。

它好像是一種真空，可是又有高翊峰他們這群人跑出來……

對，但是確實好像沒有出現太多會讓人

激起熱情跟興趣去討論的文學作品，就真的比較少。小說家讀者也引起滿多討論。他們最常被質疑的一點是，這幾個年輕人出來搞事，但沒有寫出什麼很好的作品。但如果你去看這些人，大部分人都得過文學獎，而且很多已經得過不只一次了，也會被說這些人就是獎棍，只是會寫得獎作品而已。

文學與歷史的雙重學徒

你個人會大量讀文學，或是有系統地讀是在什麼時候？我知道你是一個讀各種類型東西的讀者。

好像也沒有非常系統，都亂讀欸。

臺灣大量引入翻譯文學，從九〇年代就開始了，確實在二十一世紀第一個十年是一個高峰，那你在這當中，也算是受到這一波翻譯文學的影響嗎？

我覺得翻譯文學可能占比較多，也會零星讀一些中國作家莫言或余華的作品。那時候讀麥田 around 系列，根本也不知道主編林則良是誰，但就覺得他選的書好像都蠻有趣的，很酷，別家都看不到，所以就很自然去找這些書來看。也沒系統，就是大哥大姐都說賈西亞．馬奎斯，就來看一下賈西亞．馬奎斯，講米蘭．昆德拉就來看一下米蘭．昆德拉，講卡爾維諾就來看一下卡爾維諾，講村上春樹就來看一下村上春樹。那時師大還有政大書城，我蠻常去的，當然在很顯眼位置的永遠都是那些暢銷翻譯小說，《達文西密碼》啊，那個時候也是《哈利波特》的熱潮。我覺得那個時候相對來講，臺灣文學沒有產出太多讓人印象深刻的作品吧。

在寫最早幾篇作品的時候，這些閱讀跟

你的作品之間的關係是什麼？

嗯……我沒有辦法描述耶（笑），因為我開始寫的那幾篇，在我看來都很平庸很普通，就是練習跟摸索的過程，我也不知道到底有沒有什麼影響。

我會這樣問是因為，我們一生下來，注定就是要跟這些傑作為伍。對於創作者來講，他有非常多障礙感，可是任何人的創作都還是要從零開始，這當中就形成一個很有趣的張力，現在的創作者，到底他的創作如何開始，以及開始以後最重要的是要能夠走下去，如何跟這些既有的文學系譜產生關聯。我就一直很好奇你們這個關聯是怎麼形成的。

我不曉得那個要怎麼轉化成寫作的內涵或者是燃料，我其實不太瞭解那個轉化的過程。因為比如高翊峰會跟我說，他非常欣賞瑞蒙．卡佛，可是當我去看瑞蒙．卡佛，我沒有辦法很瞭解他好在哪裡，等到後來寶瓶比較正式出版瑞蒙．卡佛小說的時候，我已經比較清楚他的價值何在。對我來說，瑞蒙．卡佛就是一個非常好的學習對象。可是那已經是我在聯文工作的時候，我開始寫一些東西，也有出版作品的時候。

至少以我有限地認識的幾位創作者，我會覺得你們同時都是當代最好的小說讀者，搞不好現在最認真讀小說的就是小說家自己，其實成為一個小說家，跟成為一個好的小說讀者，幾乎是一起的。

現在這個年代，好像不得不耶，你要做當代藝術，不可能是在對當代藝術一無所知的狀態下做出好的作品。我覺得，當代文學也有點像是這樣。我一開始還不是很清楚自己的位置跟座標，就是亂讀一通，在這種囫圇吞棗跟漫無目的的亂看的過程，就會慢慢知道說，我這麼熱愛駱以軍的小說，以及後來這麼熱愛童偉格的小說，他們可能打動我的程度跟我在看很多西方重要作品的感受是很接近的，那我就可以從這個感受去確認說，其實他們某些作品已經是世界級的水準了。那個都是要經過很多閱讀跟反省之後，才慢慢掌握或者確認。我自己的寫作，我真的沒有很認真想過這個問題，可能很抗拒去想吧。

所以沒有辦法很明確說，其實你可能一直隱形想要跟誰對話？或者是和哪一類型的作品對話？

對，好像沒有一個非常明確的目標跟對象，比如開始寫作的某一個時期，我很喜歡張大春，之後可能很喜歡黃凡，甚至對黃凡的喜愛超過張大春。可是到了某個階段，我可能又非常喜歡余華。每個時段都不一樣。

其實我們看過的東西都在影響我們的看法，影響我們的美感。童偉格提到說，他覺得袁哲生對他蠻大的影響是，他在前期階段作品，覺得好像必須去完成現代主義對語言的要求。我覺得你也許也有這個階段，但是那個東西不一定能夠那麼立即被意識到，或是描述清楚。

相對起來，我沒辦法像童偉格這麼瞭解自己所在的位置，以及要做的事情。我好像都是邊做邊想，邊做邊學，慢慢把自己建立起來。其實到現在，我可能都還不是非常有自信，對於自己寫的東西到底夠不夠好，是不是能夠吸引人，一直都沒有什麼把握。比如前陣子寫的〈活屍與鴨嘴獸〉，自己看了三、四次後，就覺得寫得沒有很好。但我也不知道該怎麼講那種感覺，在這個小說裡面，試著要去做某些事情，好像有摸到那個邊了，但又沒有做得很好。其實當下覺得沒有能力把它改得更好，在這個狀態下，如果真的要把它改得更好，它可能又是……（莊：另外一個作品了）對。可是當下可能就只能做到這樣，就只能接受。可能對我來講，這某種程度也是好事，我不會跟這篇作品糾結，我會把這些覺得沒有完成的想法跟心情，帶到下一篇去，以別種形式去試著完成它，或是解決它。

因為你們同時是自己的評論者，等到再看三、四遍的時候，你是用比較評論者的角度在看自己吧。所以我想問你，你開始接觸文學的場域，剛好跟研究所的時間是重疊的，在研究所階段要交出歷史碩士的論文，基本上會進入一個更加沒辦法逃避的學徒鍛練過程，跟在大學時代是不一樣的。你等於同時在修練兩個學徒。所以我很想知道，你覺得歷史跟文學對你的要求，或是它們的特質、鍛鍊的方式有什麼不同，而且聽說你本來想當歷史學家的。

我覺得當人想要成為某個群體一分子的時候，會去調整自己，或者會去改變自己的某一些行為或是想法。我在讀歷史系的時候，跟我比較熟悉的人，他們都去讀研究所了啊。可是，是不是自己真心這麼想，還是因為在這個群體裡面，我往來的人都是這樣想，所以我就很自然而然覺得可以跟他們一樣，不見得是說我應該要跟他們一樣。因為跟這些人的往來，你確實可以感受到學術的某一種吸引力，或者是某一種魅力，好好把一個事情講清楚，然後思考清楚，本身就是很迷人的。我大二去修王汎森的課，他是我第一個覺得好想跟他一樣的歷史學者。每次上他的課就會覺得，能夠做歷史研究真是件幸福的事情，他會給我這樣的感受。回想起來，在研究所四年真的發生蠻多事情。同時，二〇〇四年底，我開始發表作品，也得了第一個文學獎（**第七屆臺北文學獎，篇名是〈醒覺於地圖開闔之間〉**）。講起來也非常妙，

我得第一個文學獎，我的第一筆文學獎獎金，我包紅包給我爸媽，然後剩下的錢拿去買錢賓四先生全集，哈哈哈。

哈哈哈，《壞掉的人》裡面寫，誰那麼無聊在家裡買一套錢賓四全集……

有五十幾本啊，那時候國際書展特價兩萬四，一口氣把獎金拿去付了。所以，我在文學這邊得到的東西，又拿去買在歷史學方面很想要的東西，而且那時候會覺得，我買了這套之後就可以精進我的學問，就會覺得自己好像接上了一個系譜，錢穆、余英時、嚴耕望，然後王汎森、黃進興、陳弱水，哈哈。然後同時，我開始做耕莘寫作會總幹事，那時候耕莘其實非常谷底了，是許榮哲跟他太太李儀婷去重振起來，然後招了一批像我這樣比較年輕、想要寫作的人。那時我當總幹事去帶很多營隊，不只是寫作的，還因為他們的關係去帶小朋友的營隊，有小學的，有國中的，有高中的，有全年齡的，就是各種營隊。然後，你在那邊認識的朋友都在投稿文學獎，就會覺得好像我也應該去投稿文學獎，而且應該要得獎，才能證明是寫作會的一分子。但事實上我那時寫的東西幾乎沒得到好評。比如那時我弄了一個小說批鬥會，兩個禮拜一次，不管是要投稿，或者是要投文學獎，可以丟來寫作會，大家就是各自看一看，然後找個禮拜天到耕莘寫作會討論。大部分我寫的東西都沒有得到太多正面好評，投文學獎比賽也非常少得獎。所以我在那個時候其實是覺得，我可能沒有寫作的才能。

不禁有這樣的想法。

應該是說，這個想法是非常根深蒂固的。因為同儕的人感覺都比我有一種直覺性，我好像欠缺那個東西，每次我想要寫個什麼，然後要怎麼寫，但自己都看

得出來沒有寫得很好，拿去參加文學獎比賽，又希望它僥倖可以得獎，但大部分是沒有僥倖這件事的啊。看到同輩的人陸陸續續得獎，在寫作會裡面討論也會受到好評，我就是一直覺得說，反正就是陪伴大家而已，可能有朝一日還是要去做我的歷史研究。

你覺得這兩種身分都要做得好，它們有什麼異同嗎？

很不一樣。研究所一年級時，有門課叫英文史學名著選讀，上課的老師會罵我們說英文不好，對西方學術脈絡也不瞭解。晚上我去溫州街上愛新覺羅毓鋆老師的課，他又罵我們對傳統學問都不懂。我覺得那一年真的很痛苦，同時在兩種完全不一樣的學術系統裡面。可能對我來講，可以去搞一些文學的事情，讀一些文學作品，是逃避在這種學術系統掙扎的辦法，可是我在這邊沒有辦法寫作品得到什麼認可，又會覺得說，我還有學術這邊可以去。可能心態上比較像是這樣。有點像是，《伊索寓言》的蝙蝠吧。

它們會用到你不同的能力嗎？

一樣的東西就是，都需要花時間跟下工夫瞭解，這一行要做什麼跟應該要讓自己有的基本配備，但我覺得我有時候就是沒辦法。文學的東西我當下沒辦法讀那麼多，我可能課業這邊必須要花很多時間。那個時候我記得不是那麼快樂的狀態，又想要跟別人談戀愛，跟當時的女朋友分手。

所以是不快樂的蝙蝠？

對。

我很好奇你碩論寫了什麼，當然你在《壞

掉的人》也稍微用角色的方式講到。其實臺大總圖可以看全文，所以我就大概看了你關於章士釗的碩論。我覺得你選這個人很有趣，你在那個時候會好奇晚清民初，知識分子他們所遭遇的時代或者是社會空間的轉變，因為城市、新式媒體的出現，它怎麼重新聚集知識人，他們有什麼意見，他們在這當中怎麼起來跟下去的。而臺灣在二〇〇三、二〇〇四年，因為網路的使用變得更普及，所以有非常多的事情在網路出現，比如說新聞臺，《明日報》，開始有「沒有紙」的媒體出現了。可以說那個時候的文化人也要經歷另外一次的轉型，所以雖然是一個歷史的論文，但我感覺你選章士釗這個角色，頗有一些文學家的眼光。我不知道你怎麼看，一百年前的章士釗，跟後來西元兩千年以後的你，知識人必須面臨不斷轉型這件事情。你那時候有感覺到二十一世紀的知識人必須再次面臨轉型這件事嗎？

我其實沒有很清楚地察覺到這個。我只是好奇這個人在不斷變動的現代中國，他可以存活下來而且活得還蠻好的，這件事究竟是怎麼辦到的，應該不是單純運氣好。那時候把他當成一個觀察對象，其實就是對我自己的困惑，如果我把自己當成這個社會的知識分子或知識人，那我讀這些東西，對於日後在這個社會上的生存跟自己的定位，到底有什麼關聯？我想要搞清楚這件事情。

可能因為我又在更後面去看你為什麼當時會挑章士釗，就好像說我們如果把你的問題換成臺灣可能都成立，假設某知識分子他早期是個獨派，後來變成統派，他可能跟著這個時代，有一些自己定位的變化。我就覺得這很有趣，我感覺你挑這個題目跟在當下的困惑可能是有一些關聯。

應該說，可能正是因為那個困惑讓我去

寫了這樣一個題目吧。我想要知道，當時這個人是怎麼混過來的。

你會覺得現在的知識人要去面對社會的定位跟座標，是不是更加困難？

對啊，我覺得第一個是資訊流通的速度，那個速度感一百年前的人是難以想像的。時局的變動，即使是整個東亞或者中國，政治各種牽動的東西，其實不是只有某一個區域而已，可能是跟整個世界的局勢都有相關，好像一個巨大的生態系一樣，不可能只有一個區域的生態的問題而已，有很多問題是疊加上去的，是更大的一個生態系問題，那些東西可能是互相流竄，流通的。所以我覺得，到底可以做什麼事情，應該要把自己定位在什麼位置，變動性跟不確定是愈來愈高的。

從摸索到《黃色小說》風格的確立

這次準備訪問，我故意從《靴子腿》按照你的出版時間讀，這個讀法對我來講很有幫助。《靴子腿》有個很有趣的設計，A面以大量當時甚至跨到八〇年代的流行歌曲，做一個文本的梗概，你為大量的流行歌曲再創作，寫短篇小說，至於B面，我非常喜歡B面那六篇作品，樸素可是非常流暢，用KTV這個空間去描述小說家觀察到的臺灣社會。我覺得裡面的兩個角色，尤其是曾基巴會一直讓我想到《文藝春秋》〈向前走〉的角色小雞。所以我就在想說，你二〇〇八年完成歷史學徒該做的事情，隔年出了《靴子腿》，開始進入真正文學出版的時代了，那你當時為什麼會設計出《靴子腿》這樣的作品？還有因為我最近在看巴爾加斯．尤薩，他在教一個年輕人怎麼思考小說，他說有一種怪獸，就是像長頸鹿

一樣，喜歡吃自己，他用這個來描述其實很多作家是用一種吃自己經驗的方式在寫作，那當然並不是說完全在寫自己，而是你要從自己的經驗出發。所以我在想，會不會《靴子腿》變像這個狀態的？

《靴子腿》是國藝會的寫作補助，申請的時候就已經把形式想好了，但最初只是寫幾十篇極短篇。因為朋友介紹，《中華日報》副刊主編羊憶玫是個非常好的資深編輯，她讓我開一個專欄，兩個禮拜發表一篇，讓我有機會定時發表。到我退伍的時候，因為補助案已展延一年了，所以在二〇〇九年一定要把它寫完。那個時候好像沒有心情一篇篇寫，所以就想說，不如換成另外一個概念，把很多歌串在一個故事裡面（莊：就變成B面？）對，所以其實B面是退伍之後，在很短的時間寫完的，好像只有一個月還是兩個月而已。寫完之後，因為高翊峰的介紹，在寶瓶談定出版。確實，《靴子腿》的曾基巴跟《文藝春秋》的小雞是有相關的，那的確也蠻多是我觀察或是感受到的事情。我記得出書不久，寶瓶幫我安排到一個臺語電臺採訪，要用臺語講《靴子腿》，那個主持人一直講說，你這個散文齁，以前在KTV當服務生的時候怎樣怎樣，我只能順著他的話講，我是有問過真的在KTV工作過的朋友，但我自己並沒有真的在那邊打工過。那完全就是一個，大學時很熱愛去KTV唱歌的普通顧客的心情，以及觀察到的事情，把它弄在一起寫出來。當時出這個書其實是蠻挫折的，就是它賣得很少，我覺得一方面，沒有任何人討論它，二方面就是，它並沒有被視為是一個純文學作品。在二〇〇九、二〇一〇年還只能夠賣幾百本，真的非常非常慘。

為什麼會想到要以流行歌曲申請國藝會計畫？

很簡單啊，就只是覺得說，小時候聽這些芭樂歌，聽得很開心，也許可以把它拿來當作一種形式來寫。

所以A面的部分就是一邊當兵一邊寫？

沒有，A面大部分都是在研究所最後一年寫的。

一邊寫論文一邊寫……？

對。

我覺得B面很棒，大家應該要為了B面那六篇要去買這本書。

它可能很多都銷毀了。

因為B面已經有一些東西可以看到為什麼會有《文藝春秋》……

或者也可以這麼講，《文藝春秋》的〈向前走〉可能某種程度是《靴子腿》的重寫。就是說，在七、八年之後，我學會更多東西了，我要來寫這方面的小說的時候，可以再用什麼樣的方式去寫。

所以是不是出版社以為這個東西會賣？因為你寫一個這麼大眾流行文化……

對，而且那時候，比如裡面有寫到伍佰或陳綺貞的歌，我就會去貼PTT的伍佰版跟陳綺貞版，但都毫無反應，哈哈哈。

這本書的狀況會讓你不想寫了嗎？

對我來說是蠻挫折的，覺得雖然出了一本書，但是等於不存在，因為沒有銷量，也沒有得到任何的討論。我印象中宥勳有寫了一篇評論，刊在國藝會的平臺上面。

在這種情況下，你如何慢慢形成了《比冥王星更遠的地方》那本書？

那時候就覺得，既然想要討好大眾，但事實證明大眾並不是你想要討好就可以討好的，還不如寫你想寫的。《冥王星》這本，其實是從我當兵時一個沒有得獎的短篇，改寫來的。

是當中的一個片段？

那個小說寫了十段故事，基本上就是這裡面的十段，但後來抽換掉很多，整個故事結構也都不一樣了，但最初是從那個短篇解體而來的。開始寫的時候，就想說反正我沒有要去申請國藝會，也沒有要參加文學獎，就是寫我想寫的。那時已在《聯合文學》工作，就是下班後寫，有空的時候寫。寫完之後我大概印了十本，給高翊峰、王聰威、童偉格、陳栢青，回收大家的意見。但意見也沒有非常正面，就想說先放著。後來我被幾家出版社退稿，最後一家是逗點，想說如果再不行，這本就算了，不要出了。陳夏民是唯一有跟我討論內容的編輯，他叫我可能要修改一下，但我也不知道要怎麼修改，就先去寫《壞掉的人》。寫《壞掉的人》是因為那年夏天我想參加臺積電中篇文學獎，所以很快速寫完寄出去之後，我就想說，或許再回來看看這本初稿。《冥王星》初稿好像刪了兩、三萬字吧，刪完之後給陳夏民，陳夏民就說ＯＫ，我們來出吧。

其實這樣想起來，那些事情也沒有很久。

對，就七年前。

而且很好玩，其實你這幾本，原來的題目都跟後來出版的題目不一樣，本來冥王星是「那些登陸月球的事」，然後《壞掉的人》原題叫「家庭計畫」。

《壞掉的人》在寫的時候，檔案名稱其實一直都叫「壞掉的人」，但是我就存著一個心，覺得好像叫「家庭計畫」去投文學獎，比較有哏，就在寄出去最後一刻，把它改成「家庭計畫」。但是我其實一直很不喜歡這個詞，等到它有機會出版的時候，我就把它改回來了。

其實你的原題很準確啊。家庭計畫比較像後來在講的多元成家，三個主角很像在搞多元成家。

對，而且這個小說，《壞掉的人》小說初稿，其實有進那一年的中篇決選。

童偉格是評審對不對？所以他才有看到。

對，童偉格那一屆是當複審。決審我記得有駱以軍、朱天心、梁文道、舞鶴跟阿城。好像只有舞鶴投我票。朱天心跟梁文道不是很理解我要寫什麼。朱天心講說，認識很多學院裡面的人，有太多東西可以寫了，不是像他寫這樣。然後他們就說，博士生去鄉下賣春，這種事情怎麼可能什麼之類的。駱的發言是，這篇的什麼運動感很好，但我絕對不會投這篇這樣，哈哈哈。（評審內容刊登在二〇一一年十二月號《印刻文學生活誌》）

運動感？

大概意思就是說讀起來很順。舞鶴印象中是講說，這篇他覺得聲調有點單一。阿城就沒有講什麼，只說我覺得這個作者應該是有讀書的人。哈。

我個人想法跟你分享，《壞掉的人》我非常喜歡三位主角住在一起之前的前半本。就是他們三個聲音交錯，各自發生崩壞的過程，我覺得非常精采。反而是他們住在一起之後，因為好像要給他們一個結局，對我來講吸引力就下降了。我一直覺得《壞掉的人》前半本很棒。《壞掉的人》我多過於喜歡《冥王星》，我覺得《壞掉的人》已經開始感覺到，後來認識的黃崇凱。《冥王星》對我來講，有一些抒情的東西，我會覺得，這反而沒有那麼準確。當然到後面的《黃色小說》，我就看到你的某種風格確定。講到我本來要問的問題，就是《靴子腿》有個很怪的形式，它那麼把這些流行歌曲的歷史當作「真正的歷史」一樣在注視，這樣子的方式在處理流行歌曲，我會覺得很有意思。是這種態度讓我覺得這作者好詭異，他那麼執著，詞曲、出自哪一年的哪一張專輯，連那個歌曲背後的故事都要另外注釋。我就一直在想，這搞不好跟歷史訓練有關係，你把這種東西放在虛構上來使用。後來再看《冥王星》，《冥王星》是一個雙線的故事，有非常多的開頭都會提到一個歷史事件，破題就是人類到底有沒有登陸月球。你會讓小說中的人物去想一個歷史事件。然後我就覺得，其實你在早期的作品，已經在處理大歷史跟小歷史的問題，在《靴子腿》就有了，它可能只是用奇異的注釋的方式。你是有意識地用這種方式來處理時間跟人的意識的問題嗎？

好像沒有那麼有意識，只是覺得這樣做比較好玩（莊：你說寫《靴子腿》注釋的時候？）對，因為那時候就是寫完學術論文嘛（莊：有一個惡趣味），記得以前上課的時候王汎森說，沒有辦法寫進正文的都寫成注釋。我就覺得這個辦法很不錯，當然那個趣味是來自，有時候你看某些人的論文，真正比較嚴厲的批評或直白的話會寫在注釋，比如黃錦樹的論文常常這樣。我覺得很有趣，好像是小小番外篇的故事。以前《讀者文摘》不是會送一本叫《瀛寰搜奇》，小時候不知道在誰家裡面看過一本，就覺得那個書真的太棒了，好想有一本。一直到讀研究所的時候，才有機會在茉莉二手書店買到，有點像是重溫舊夢，裡面會講到很多奇奇怪怪的事情，奇人異事，奇怪生物，或者對未來的想像，其實是一個小型的百科全書。比如有人可能突然醒來就會講別種語言。我覺得《冥王星》很多內容其實是從（莊：那樣的靈感來的）對，（莊：比如旅鼠會不會集體自殺那個）但那個百科全書因為是一九七〇年代的產物，所以過了三、四十年再去看一本很舊的書，在當時被視為是很新鮮的知識，或者是很有趣的資訊，會發現有很多內容是錯的，或者事後證明根本不是那樣。比如旅鼠集體自殺就不是真實的事情，很多東西其實可能都有保存期限，可能到某一個時間點之後就被證明是錯的，就失去效用。這某種程度也會讓我想到，《冥王星》寫的各種關係，不管是親子關係或者是情感關係，可能都會有一個期限，或是有某種限制在裡面，可是我們在那個狀態裡面的時候，不會去察覺到這些東西。

本書的破題就是二〇〇六年以後冥王星被除名九大行星，就很像說，可能在一個關係結束以後，就很像冥王星不在九大行星裡面，所謂比冥王星更遠的地方，可能就是我們尚未去質疑的，我們可能處在一個我們可能不知道那是假的，或者是原來可能會消失的這樣的一個世界。

對啊，之所以要除名就是因為，有愈來愈多人認為在冥王星的不遠處，有一大堆跟它質量差不多的星體，那我們要怎麼樣去定義這些東西？某種程度是因為我們對宇宙的認識又加深了擴大了，原來的東西已經不夠用，我們就是必須要去調整。可能更多是在想說，面對變動的時候我們要怎麼重新調整自己。

剛剛有講到說，幾個作品的語言上面，

對我來講有一些階段性的差異。《黃色小說》以一個讀者來看，是黃崇凱的語言風格跟敘事方式的確立。其實我常常在想作家的語言，風格的準確性，假設以《黃色小說》大量處理「性」來講，其實你在前幾本書可能也都有觸及，可能不是用《黃色小說》的方式去處理而已，可是在《黃色小說》的開頭，就已經非常準確地告訴我們，你的語言其實是你怎麼想這些事情，也就是我會把它認知為小說家的哲學，就是小說家有一種他的哲學出現了，所以從破題就已經確立了，你的世界觀可能是怎麼樣的。所以我自己是覺得說，我看到你實驗的這個過程，比如要用什麼人稱視角，要用幾聲道去說明你的故事，到後來《黃色小說》完全是一個社會田野的展開，它有一個畫外音說，我們這個故事的男主角跟女主角此時怎麼樣，對我來講，《黃色小說》有一種很田野的聲音，可是非常準確，也很適合這個故事該有的一種形式。所以我不知道說，在你這個階段，你怎麼在語言、敘事找到屬於你的方式？

寫《黃色小說》的時候，我是把它當成一個開玩笑的心情來寫的，就是說，我想要寫一本比較輕鬆的書。之前在《GQ》已經寫了五年多的 SEX QA 專欄，那個專欄光是字數累積就超過二十萬字了，我就想要把它拿來資源回收。但要怎麼樣適度轉化成小說，我想了很久，最後就是以這樣斷片式的方式，去嘗試各種形式，把它整個串在一起。所以對我來講它不是短篇小說集，是一本書的整體概念去思考的。我開始邊寫邊想這個形式的時候，覺得這樣玩起來好像會比較開心一點，也可能我已經有一堆素材了，想要用一個比較自在、比較輕盈的寫法寫這個東西。某種程度是自我娛樂，也希望這個小說可以娛樂到別人。所以我那時候出這個書是真的沒有想很多，如果我自己可以寫得很開心，玩得很開心，那讀的人應該也可以讀得很有趣吧。

所以反而沒有前面作品寫作的壓力？

因為像寫《冥王星》的時候多少有一點自我證明嘛，我想要逼問自己能不能繼續寫下去。那《壞掉的人》是，我想要去試試看寫這樣的東西，是不是能夠得獎，它最後沒有得獎，但是還是有機會出版。但出版修改的過程，我也覺得它並沒有寫好，可是當下我的能力就只能夠做到那樣。所以，我也就坦然接受自己只能做到這樣。

我覺得《黃色小說》確實有一種自在感，你用了五個短篇，穿插一些設計，所以基本上跟後來的《文藝春秋》一樣，用一種概念的方式在做長篇，可能有不同短篇的部分，但是概念是一體的。所以我覺得《黃色小說》確實讀起來有一種爽快感。我會感覺這個作者在寫這本書的時候是很開心的。

對，那時候每寫完一篇，就會覺得好像有完成一個什麼事情。

所以《黃色小說》得到開卷年度好書的肯定，你有很驚訝嗎？

蠻驚訝的。接到開卷通知的時候，我記得主編周月英問我，你怎麼聽起來好像很冷靜，可能當下我也沒有意會過來。

還是因為那幾年，這些書的銷量仍是持續困難？

對啊，事後也再度證明，可能真的就是衰咖之類的感覺吧。即使這個東西得開卷了。

我一直覺得作家的銷售跟作家的作品，真正的實力始終是一個很神祕的事情，我們怎麼知道，從一千五百本都不到，到《文藝春秋》可以賣到四千本以上，這中間到底發生什麼事，事實上作家是同一個人。所以我說有時候市場這種東西它很奇怪。

可能也因為這個經驗之後，就會更加不在意市場這件事情了，其實想很多，你期望可以得到的，通常都得不到，還不如就是好好想想，要怎麼繼續寫你想要寫的東西，然後把它寫好這樣。

以《文藝春秋》進行自我教育

我覺得你的人物常常活在一種，很像失去地心引力的失重感。你所描寫的，比如大量的娛樂商品，文化產品，不論是流行歌曲，A片、漫畫或者是大量的歷史知識，就是在做研究生的這些人，我覺得他們被過多的東西餵養，但同時在這當中好像慢慢壞掉。這是我自己歸納的感覺，你的人物都有一點，好像在當代的生活當中慢慢失重了。你剛剛講評審對《壞掉的人》的評價，博士生賣淫不會發生嗎？這實在太奇怪了。

後來有人傳給我一個《蘋果日報》「人間異語」的報導，就是有個碩士學歷的酒家女。我後來在想，這個角色是不是會冒犯到很多女性？就是一個人文領域的博士生女生，會去做一個在這個社會被認為跟書非常遙遠、跟知識非常遙遠的人，賣皮肉錢的人，它甚至是比酒店的陪酒小姐還要簡單的工作。可是當時我卻覺得說，可能正因為這樣，所以她會去選擇一個完全跟腦、跟知識距離最遙遠的工作，而且她不用擔心，因為這些事情是在另外一個世界，她是完全不會被發現的。

我可能比那些評審再晚幾年看這個作品，對於已經看過這麼多「人間異語」的新聞的我來講，就不覺得這個東西是不成立的。我不曉得對別人成不成立，可是對我而言是這樣。前面在談知識人的轉型，臺灣的文化或者知識人已經面臨漫長的轉型，還不知道要轉到哪裡去，我們面臨很多重力的因素，還在改變我們。比如我們小時候會看錢鍾書的《圍城》，然後再大一點會看《我是貓》，總是會有一個小說家會特別去寫，某個時代的知識分子產生的心靈扭曲狀態。所以我自己在看《壞掉的人》，我會這樣解讀，那比較像是你的版本的《圍城》，你變諷刺地在寫這一些，你後來寫《黃色小說》，寫性，我都覺得是在描述一個精神史的狀態。所以這可能是你用小說在理解當代人，或者是當代生活的一個方式。

或許是可以這麼說，透過寫的過程讓我把這些事情想得更清楚一點，或是看得更清楚一點。可能愈到現在，沒有那麼在意別人怎麼看它，而是說我要怎麼樣透過寫這個小說的過程，讓我把這些事情想得更清楚一點，更理解一點。

而且我會覺得，如果這樣看，你寫在知識中崩壞的人，或是在肉體欲望上崩壞的人，事實上是同一件事情。

因為這就是我真實感受到的事嘛。可是我真實感受到的這些事情，在閱讀範圍所及，沒有看到有誰來描述它，所以它就會自然而然讓我覺得，我可以試著去描述它。當二〇一〇年代以來，我開始看比較多臺灣文學的作品，大部分可能都有一些時代上的隔閡，或是說他們關心的事情並不是你關心的，有些作品當然可以欣賞，可是你還是會覺得說，在這個情形下，自己也可以去寫一個你關心的事情。我以前的觀察，六年級的作家尤其是男作家，好像普遍來講都不太寫性，他們好像都被閹掉了一樣。可是這個東西是，我們在日常生活裡面，可能比五年前、十年前的人，更容易接觸到，天天充斥在我們生活裡面。隨便點個網頁都會不小心點到色情網站，手機打開可能有很多交友軟體，性已經變得這麼觸手可及，可是好像還沒有好好被描述。知識也是一樣，我們開始覺得它變成某種負擔。網軍的存在並不是說，要把你洗腦洗成另一邊的人，是要把你洗得，喔這些資訊好複雜，有對有錯，好煩，我懶得去分辨了，已經厭煩了，洗得讓你對這個議題無感，洗得讓你對這個議題不表示意見，洗得讓你不去投票，那他們就成功了。我覺得這個也是我們，現在愈來愈能夠感受到，知識或資訊這些東西，為什麼開始變成我們日常生活裡面很沉重的一部分。

在你這個時代處理知識人會有的一個問題就是，知識人不是貴族了，《圍城》或者《我是貓》的年代，念到高等教育的人還是那個時代有文化資本的人。可是在我們這一輩，基本上面臨的是一個非常平庸的知識人的感受，就像你描述的，就算家裡有一套錢賓四先生全集又怎麼樣呢？家裡有整套的《當代》雜誌又怎麼樣呢？面臨一個流沙般的世界，你擁有的那些傳統的知識工具又怎麼樣呢？但誰能描述當代平庸的知識人？

我還不算是真的在學院裡面，只是最底層的學生，已經感受到整個學院體制的封閉跟僵化。現在有些朋友在學院工作，徘徊在學術高牆內外，有些人可能一不小心被踢走，有些人可能很努力要擠進去那個根本是一個屎缺的地方。因為你可能進去是最底層的助理教授，要做很多事情。到最後就會發現，其實學院內規或者裡面的政治、權力關係，以前就有了，只是因為現在受過高教的人口增加，讓這個競爭變得更加激烈。

你剛剛描述幾個離你最近的六年級作者，他們可能有一群人被稱為新鄉土。相較於新鄉土，其實你是一個特殊，自己生出來的另外一個支派，你是不會被劃入新鄉土這個圈圈的。

我從一開始就非常有意抗拒這個東西。我雖然是鄉下來的，可是就偏不寫鄉下。有次童偉格問我，他很好奇我怎麼都不寫（莊：家鄉的事情），對。我說，那個要等到我江郎才盡了，等到沒有東西可以寫的時候我才會去寫它。我努力不要去寫它。

他完全曲解了你的版本。他在某一次字母會講座有提到他問你這個問題，但是我那時候現場聽起來是以為，哇，崇凱要把家鄉的故事留在他這一生的最後一個作品，我聽了超感動的！結果，其實，作者本人講的是另外一個意思。

因為我覺得，到底是哪一條規定，要開始寫作，你要寫的就是離身邊最近的事情？就是家鄉的事情，你家裡的事情……

或者對你來講，離你身邊最近的事情是性啊，是流行啊。

我覺得可以寫的東西很多啊，為什麼一定要寫那些東西。寫一個很意料之中的家庭劇，不然就是有人憂鬱症有人自殺這樣子。

糟糕，這些東西到底能不能寫啊。

然後就一定要寫一個鄉土，一定要一個阿公，或一個阿嬤……

這樣子得罪很多人。

但我並不反對，這種套路裡面還是有非常好的作品，但它可能不是我一開始寫作，或者是現在寫作最關心的東西。

或者是說，為什麼你要繼續寫作，吸引你的並不是這些事情。

對啊。

如果要討論你，要研究作者黃崇凱，《黃色小說》一定要研究，我覺得你選的題材太有趣了，A片剛好是一個最極致的虛構，你在小說裡也有講，就是你藉由這個題材，也一再探究虛構的邊界，或是說，虛構的核心本質到底是什麼。然後也因為你在這個作品非常自在地穿梭在幾種奇怪的文本跟田野當中，對我來講，它在虛構上面，就是一個很成功很成熟的作品。所以你自己有這樣的感受嗎？到了這個時候，為什麼要開始寫作，以及寫作這件事情為什麼要長期成為你的一部分，會不會到了《黃色小說》，其實是比較明確的，或者你可能有點比較知道那個東西是什麼？

但寫作這件事，我覺得真的一開始並不是很確定自己就是可以一直寫下去的人。因為我身邊的很多朋友都比我有才華，他們在更年輕的時候就已經展現出他們的配備跟思考了，甚至有某種很直覺性的東西。我覺得有一些寫作者是很直覺的，很本能型的，比如我們昨天讀書會讀的羅浥薇薇。因為要討論她的散文集，所以我也把她最近出的小說跟幾年前出的小說都找來看，她就是那種本能型的作者，從寫第一本小說就很本能把這些文字的使用，或者怎麼敘述故事，很直接噴發出來，你讀起來就會覺得非常自然，這個人就是一個情感非常豐沛又非常細膩的人。可是這類本能型的作者，不可能一直維持這種本能型的激情寫作，大部分的寫作是很長的過程，有沒有別的方式去輔助，可以繼續寫下去，或是寫出依然有本色的東西，但可能比例或是形式上有一些變化。所以對我來講，我覺得從第一本書一直寫到《黃色小說》的時候，大概才真的比較覺得，我應該就是一個寫東西的人。

基本上，不論是藝術世界或者是市場接不接受，你依然要能夠完成你應該完成的那個創作物。我覺得，在文明史上看到的這些作者，幾乎很多人是這個狀態，必須在一個，你可能知道只有自己一個人的情況下，去完成這個作品。

我覺得有時候寫作會帶給我很多痛苦，還有折磨，跟很多複雜的感受。但很多時候我也會慶幸說，有寫作這件事情可以做。我覺得，特別是在獨處的時候，就是要不斷去面對自己的那種狀態，當你以為你很容易可以聯絡到別人，但等到你真的要去聯絡一個「別人」，想要找人一起度過時間的時候，結果一個人都找不到，那種空虛感就會更巨大，就會覺得自己更失敗。我覺得寫作某種程度在這種時候，或是說，某一種愛好，某一種興趣，它都是可以讓你度過這種獨處時間的好事。有個已經過世的年輕作家江凌青，我在寫《冥王星》的時候，她那時候在英國讀博士，有一次我們在MSN亂聊，她就說，如果沒有寫作的話，人生不是很無聊嗎？我當下沒有多想。但有時候我會想到她這句話，特別是一個人獨處的時候。

我有時候覺得，如果你獨處的時候，還蠻想去做一件事，那可能就是你真的喜歡的事情。所以我確實會覺得，《黃色小說》真的是有一種很特別的位置。那你現在已經到寫完《文藝春秋》、《字母會》，又在構思新作品的階段了。你在字母會最後一篇作品〈Z零度〉虛構一個末來的人，他有個伯父在臺灣，是一個小說家，敘述者描述伯父的寫作特色是，擅長在輕重濃淡之間取得平衡，那時候看到這句就覺得好有趣，這像是你在作品裡面倫理的自我評論。我覺得這個評論很恰當，因為一路以來，你所寫的在臺灣的純文學領域可能容易被認為不是純文學主題，看起來就是大家比較不願意談的，假設是性好了，或者是很芭樂的那些東西，可是你在講那些東西的時候，反而才能凸顯當代人生存的重量，或是沒有重量的這個感覺。到後來《文藝春秋》，是要處理脈絡更多的作品，你要把聶華苓、鍾理和、楊德昌或者王禎和這些人寫在虛構的作品裡面，又要在虛構作品同時完成好多事情，讓沒有讀過聶華苓的人，藉由讀〈三輩子〉，可以立即瞭解聶華苓的生平、作品特色，還有關於她的評論，你幾乎用一個作品在做這些事情。可是你又不會讓《文藝春秋》顯得沈重，我覺得任何當代無知的年輕讀者在讀你的鍾理和，不會受困於龐大的材料感。外國常常會說一個書好看叫 page turner，就是一頁一頁讀下去，可以輕鬆推進的感覺，所以我在想，你在〈Z零度〉談到濃淡輕重的平衡，好像是你現在有做到的事情。所以你要不要再為自己的寫作階段做個梳理。

其實有朋友的朋友講說，他覺得《文藝春秋》不是寫給像他那樣的讀者看的，我提到的這些人，他都是陌生的。也有一些讀者會跟我講說，提到的這些人都不知道是誰啊，還有個「松山阮經天」在博客來頁面留負評，哈哈哈，他截了一段我寫黃靈芝的文字，他說，本來喜歡《黃色小說》，但是看到這種文字，這種東西真的可以叫小說嗎？然後就給兩顆星。我理想上當然是希望可以寫到，沒有背景知識瞭解的人也可以讀，我覺得我有試著盡量做到了。可是不可避免的，對某些人來講，依然會覺得有門檻。像你剛剛講的那種，把現實虛構化這件事情，我也不知道自己為什麼要那樣做，只是覺得這樣做好像很有趣。就很像你在某一種歷史現場的隔壁，或是說這個歷史人物的隔壁，從一個在隔壁的視角，來觀看這一切，所以很多東西其實在這本書的各個篇章裡面，我都盡量設計一個比較特別的觀看角度跟位置，我希望可以因應不同的人跟不同的狀態，去鋪設一個隱藏攝影機。因為我們可能太常把焦點或目光放在這個人或歷史本身，可是在這個畫框之外的東西，也許更值得你去瞭解，這樣你才能夠把畫框裡面的東西連接得更好。

但是我也遇到一些年輕讀者，比如書店店員，他其實是華文系的，他說是在讀到《文藝春秋》的時候，他才發現他對華文文學是有共感的，他以前在上課的時候，老師還是會教一些臺灣文學作品，可是大部分都還是停留在王文興、白先勇，頂多到駱以軍這一輩，對六、七年級的作品很陌生。所以他說其實也是讀了《文藝春秋》，才發現他可以讀你的作品，而且裡面有很多東西跟他的生活經驗有部分的重疊。這個回饋讓我覺得很有趣，即便是所謂的華文學生，可能也是在《文藝春秋》第一次認識鍾理和，更不要講黃靈芝，他不存在於學院的文學系譜。《文藝春秋》基本上是一個有趣的設計，它非常像作者為自己擬的一個文學系譜。你在這裡面挑選的時候，有沒有本來很想寫哪些人，但最後發現沒辦法寫？

大概一開始，設定好想寫的都有寫了，但本來沒有料到會寫的是柯旗化。在交出國藝會結案初稿的時候，覺得寫得很差，心情很壞。但就某一次，可能是在南十三咖啡這裡跟盧建彰導演聊天，講到學英文這件事，我冒出了「狄克森片語」這個詞。我突然想到，狄克森這個人好像我們不太瞭解，臺灣又這麼多版本的狄克森片語，那到底是一個什麼狀態？為什麼我們會開始使用這個教材？很自然連結到柯旗化的《新英文法》，想說不如來做功課瞭解一下。所以在寫完這個書初稿的時候，又發現了這可以寫，然後再去做功課，去拜訪柯旗化的高雄第一出版社那個樓房。但還是有文學獎評審講說，為什麼不寫七等生、為什麼不寫陳映真，我就想說我又不是在寫文學史，哈哈。

或者說，那是你自己版本的文藝史。那你覺得從《黃色小說》到《文藝春秋》，在寫作狀態上有什麼比較大的不同嗎？

寫《黃色小說》好像不太需要做什麼功課，就是原本對這些東西累積的資訊跟知識，還有跟這個題材相關的故事，我怎麼樣把它串起來，對我來說，確定好形式後，一篇篇寫出來非常快。但《文藝春秋》就是需要一邊做功課一邊寫，比如寫聶華苓，那我就會把聶華苓所有可以找得到的資料，全部盡量看過，然後瞭解她的交友狀態，整個一生大致的經歷是什麼。盡可能看過資料後，再去設想說要怎麼寫。寫完初稿後，童偉格看完後就說，很像聶華苓自傳的濃縮版，我就知道這樣子完蛋了。就是說，應該要把它轉化成更像小說的東西，我要怎麼把這些真實的材料，放到一個小說的裝置裡面去虛構。所以從這個篇章開始，我就比較有意識設想視角的問題。聶華苓《桑青與桃紅》裡面，有一段寫在一家三口生活在閣樓，從一個小女孩的角度去看，他們在閣樓裡面躲避白色恐怖的生活。所以我就開始想，也許我可以用一個，壓迫者、監視者的特務視角，去觀看這個人。從那之後我就漸漸比較有意識在每一篇都試著用不同的角度去探測。

所以《文藝春秋》第一個完成的作品是聶

華苓？

第一個完成的是第一篇瑞蒙．卡佛。但瑞蒙．卡佛這篇是一個很自然而然的寫作，寫作時間比《黃色小說》還要早。雖然瑞蒙．卡佛，我也是看完了他所有的東西後才寫的。但我就是把它裝進一個跟我自己生活場景比較接近的視角。

你自己覺得《文藝春秋》最難寫的是哪一篇？

可能相對難寫的是鍾理和。因為我要試著去用一種三〇、四〇年代的中文、語氣去描述這些事情，而且是一個生活在北京的老臺灣人。最後為什麼會變成書信體呢？其實某種程度也是為了要規避太多細節的描述。因為很多細節的東西，包括當時的生活狀態，又要橫跨幾十年，對我來說有太多空白需要去填補，所以最後變成書信體也是一個偷懶的方式。

或者說是比較能夠做到的形式？

就是我可以掌握得比較好，至少在這樣子的體例形式裡面，我可以盡量藏拙。

《文藝春秋》容易被認為是黃崇凱版本的臺灣文藝史建構，你覺得寫的過程有幫助你去想臺灣文學是什麼？

我覺得蠻有的啊。就是之前我在其他訪談有講過，寫這個書就是一個自我教育的過程。就是說，我用寫他們的方式，讓自己自然地去做功課，然後去看他們生活過的地方，這對我來講，可以更有實體感受。

你不是有去上鄭順聰的節目談薩拉馬戈嗎，在談薩拉馬戈的時候就有聊到，他其實是蠻晚成熟的寫作者，他寫過去葡萄牙旅行這類的書，我感覺那本書也像是他在做自我教育的工作，他想要瞭解葡萄牙，他所在意的這個國家，它是一個怎麼樣的特質。所以我確實感覺《文藝春秋》是在前面《黃色小說》的階段差不多完成後，要進入下一個黃崇凱時代，這個自我教育很像是一個新的起點。

我做這些功課的時候，我依然覺得，對臺灣很多作家跟作品，以及臺灣曾經累積的文化脈絡，不是很瞭解，有很多部分我應該還可以再試著去教育自己。這整個過程我覺得會非常漫長。我其實也想要，把我對這些東西的喜愛，趁這個機會傳達出去。那個心有點像是你在介紹這些臺灣文學作品，它們可能沒那麼好，可是我們去閱讀它，仍然會有一些感受，那我們要試著讓自己描述這些感受，讓這些東西可以有再被理解與再被閱讀的機會。這個是我們一向比較欠缺的。

我在看賴香吟《天亮之前的戀愛》那本書也有類似的感受。以在臺灣來講，過去在不同語言階段累積的這些作品，對很多作家而言是未完成的狀態，他們的文學成就很多是來不及完成的，可是我們終究是在這些不完美的傑作上面，慢慢變成臺灣文學，我們是在這裡面去尋找起點，那回望這樣子的東西重不重要，我覺得它是重要的，因為它不可能在這個當代像消失了一般不曾存在過，也就是說，現在的寫作者不可能像孫悟空一樣從石頭蹦出來，也不可能光靠翻譯文學就能找到為何在這個時候在這個島上用中文寫作，有時候你可能是在翁鬧的一篇沒有寫完的作品裡面找到你自己的樣子，我不知道，你寫完《文藝春秋》後的感嘆是什麼。

可能再次覺得要好好瞭解臺灣文學吧，還有很多東西需要去瞭解。

一直談自己的作品會不會很尷尬？

會。

我覺得你比較想談別的東西，哈哈。

哈哈哈。

臺灣文學做為有欠缺的生態系

最後一個階段我要談比較總結性的幾個問題。我覺得創作者裡面，你幾乎參與了這十五年來臺灣有過的一些文學團體，比如前面講的「小說家讀者」、耕莘青年寫作會，也部分參與了「秘密讀者」，後來也加入字母會。很有趣的是，除了字母會比較奇怪，因為它混雜了五年級到七年級不同世代的創作者，前面幾個團體都有很強的想要造反的，想要在那個時代造反的新團體的感覺，所以我會覺得說，你好像有經歷過臺灣文壇這十五年來非常想要突破的這些能量。剛好十幾年來開始會去談幾年級生，如果是站在比較社會學的看法，其實這種年級分野剛好就是種角力，它反而呈現了臺灣文壇在經歷這些角力。所以我很想要請你再講一下，經歷過臺灣十五年來的文學團體，你會怎麼樣去描述它們？

我覺得都是偶然。如果把我視為一個觀察對象，一個文藝青年，我可能在各種偶然因素下參與到了。但其實還是有很多團體是跟我無關的。比如二〇一八年《聯合文學》做了一期作家社群，探討所謂的東海幫、東華幫、耕莘幫，我覺得這些分法有時候沒什麼道理，只是這群人全部出現在那個地方。因為我還是會想要把這整個文學環境或是在裡面活動的人，視為一個生態系。從二十一世紀初期，我開始對這個文學生態系探頭探腦的時候，我看到的狀態就是，我們奉若神明的四年級了不起的聰明作者、論述者，好像已經沒什麼新作品持續產出。那時候我開始讀比較多的翻譯文學，也剛好跟上個人新聞臺部落格蓬勃發展的時期。比如我在新聞臺上面混，會莫名其妙知道果子離，從那時候開始看他的東西。然後慢慢認識或知道一些人，比如房慧真、楊佳嫻、鯨向海，很多人的東西我第一次讀都是從部落格或新聞臺上面發現的。關於小說家讀者，我比較像是他們的協力者，在旁邊一起幫忙做事的人。至於耕莘寫作會比較奇怪，它其實是一個跨校組織，我覺得一開始許榮哲也不知道這個團體可以幹嘛，他只是覺得我們辦了文藝營，文藝營結束之後，大家還是會有想要聯絡彼此的需要。那我們要怎麼樣維持？於是就選一些人進來所謂的寫作會。可是寫作會到底要幹嘛？不是很確定，所以我就想了一個，至少要固定討論作品的活動（**小說批鬥會**）。在這些大大小小的活動裡面，建立起一種共同體的感覺，所以後來耕莘就常常會被稱為文學獎補習班。可是我覺得其實不是這樣，是因為它讓已經經過篩選的這群人，他們比單打獨鬥的個人有更多連結的機會，比如我可以找到人討論，可以找到人一起讀書，可以找到人看我的作品。在這個過程裡面，你自然可以很快掌握文學的基本行情。我後來因為寫論文、當兵，退伍到《聯合文學》工作，就愈來愈淡出耕莘，不可能像學生時期投入這麼多時間。至於「秘密讀者」，我覺得正因為是在耕莘認識了朱宥勳。我們都有感於說，這個環境一方面有人不斷在產出作品，可是沒有好的，或者是沒有夠多的評論機制去辨別好壞，所以那時他號召做《秘密讀者》。一開始發起的時候，宥勳想法很簡單，就是他出錢，每個月做一期電子雜誌，很簡單、很樸素地這麼想。然後找到一群年紀相近的，比如印卡，盛浩偉、李奕樵、Elek

（李屹）等人一起加入。剛開始討論的時候，我帶來一些我做過雜誌編輯的概念跟原則，但裡面很多人有編校刊的經驗，所以很快就弄起來。到後來大家很像是一個樂團，而這個樂團要解散是因為，大家都有愈來愈多各自要忙的事情，沒辦法再勉強自己去無償付出這些事情。所以到最後它結束掉，也是不得不。可是我覺得在那幾年，如果你想要好好討論一本書、批評一本書，在其他版面都不刊的狀態下，你就可以投稿《秘密讀者》。至於加入字母會真的完全是偶然，要不是童偉格開口邀我，我就是一個字母會的讀者而已啊。

這些不斷出現的，不管是被標籤還是自我標籤的這些團體，搞不好其實正反應臺灣文學史二十年的狀態，也就是說，你不覺得這些團體都在補足一個文學市場機制欠缺的部分嗎？可能在耕莘的階段就是說，基本上一個年輕的菜鳥作家，要去哪裡找一個鍛鍊的場所，不像國外，作家是透過跟真正的編輯臺，透過投稿機制去得到鍛鍊，但可能在臺灣沒有辦法了，發表平臺非常少，放在網路上也不會有人給具體回饋，那這時候耕莘的所謂補習班，反而有一種討論機制存在。至於秘密讀者是想要回應評論這件事，然後到了字母會我又覺得，好像總是很奇怪，並不是只有新手或者未成名的作者才需要組地下樂團，字母會自己就很像一個成名作家的地下樂團啊。

它是「縱貫線」，卻是票房不好的「縱貫線」。

對，很奇怪就是，臺灣文學好像始終需要有這種地下團體存在，都在反應當時臺灣文學欠缺的東西。

我覺得，「小說家讀者」的出現，是想要去打破很僵化地對於純文學的想像，它

意圖要溝通雅跟俗，要走所謂的中間路線。但事實上大家各自的創作美學還是很不一樣，有些人真的非常純文學，有些人是試著通俗，也不見得真的有辦法通俗。我覺得確實像你講的，它可能都在某一個時間點回應了，這個文學生態系欠缺的東西。但是現在再去看待這十幾年，其實我們沒什麼文學運動，可能唯一可以稱得上文學運動的就是字母會。而且字母會這個文學運動完全是因為楊凱麟這個人，因為這個文學運動不是一個自然而然，像西方的藝術或者是文學歷史那樣，好像對某一個時期的不耐或者是反動而產生的一種新美學標準，或者要去調整的創作概念。它比較像我們又從一個地方批了一些武器，把原本的文學狀態打破，或是打開一個缺口，然後看看會發生什麼事情。現在的狀態就是，怕它沒有發生什麼事情，哈哈。你以為你已經借了德勒茲牌霰彈槍，但是發現那個防彈玻璃可能有五吋這麼厚，德勒茲牌霰彈槍可能不夠用。

確實，想要當文學恐怖分子，卻沒有當成。

我們本來想要做恐怖行動，結果變成一個行為藝術而已。

所以這些團體後來的狀態，其實也是反映文學生態的一個狀態，像《秘密讀者》最後還是必須無疾而終，字母會終究會完成，可是到底會是一個怎樣的運動，現在看不出來。

對，還是得要把時間再拉長一點再回來看，才知道說，那究竟對於當下，或者是這幾年，對於這個地方，或是對後來者到底有什麼影響。

臺灣文學的世界座標

你在完成《文藝春秋》、《字母會》後，開始很頻繁地出國，在經歷過臺灣近二十年的文學生態以後，你還不只是一個作者，有各種身分，你當過文學雜誌編輯，也長期寫書市觀察、書評，所以很有趣，這一年多你開始移動，去了美國、法國、比利時、德國這麼多國家，開始有更多機會看到自己的作品被翻譯成其他語言，以及去到愛荷華國際寫作班。所以在這個過程裡面，你會怎麼去想它對你的啟發，或這些遊歷對你認知上面的衝擊？

去國外駐村的好處就是說，可以遇到其他地方跟你做一樣事情的人。你不可能去卡拉卡斯認識一個委內瑞拉詩人，可是你卻可以在愛荷華認識，而且還一次兩個這樣。我們這次駐村的朋友，我猜平均年齡大概三十多歲，也就是說年紀都跟我差不多。我們有二十七、八個人，比較年長的接近六十歲，有五十歲的，也有四十多歲的，但大部分可能都是三十幾歲。大家交換意見聊了之後會發現，其實純文學在世界各地都滿悲慘的，大家都混得很差，都要想辦法用各式各樣的方式賺取自己的生活收入，爭取合理的出版條件跟合約。體認到這一點之後，會讓我更加思考說，我們臺灣文學的傳統是什麼？我們擁有的東西是什麼？我們可能應該要時時去盤點，這些歷史的倉庫到底有什麼東西。我們不能夠一無所知，因為當你跟人家交流，人家問你臺灣文學跟中國現代文學有什麼不一樣，其實不容易講清楚。雖然只要稍微解釋一下政治，大家很快就能夠理解。比如我認識的土耳其庫德族的詩人，或者一個來自加泰隆尼亞的老師，講到臺灣，他們馬上就理解了！因為跟我們的狀態相似，也會發現有很多政府在面對這種所謂的「分離主義者」，招式是很類似的。所以就更需要去講述，或是用語言去傳播，不斷談論你們的不同。美國是不太讀翻譯文學的國家。在愛荷華的書店裡面，你能夠找到的臺灣文作品就只有夏宇的詩集，柏艾格（Steve Bradbury）翻譯的《Salsa》；邱妙津《鱷魚手記》、吳明益《單車失竊記》的英文版，就這樣而已。所以你要跟人家講臺灣文學，非常困難。一來你沒有可以馬上買得到的作品，二來，你得去解釋它跟中國現代文學的糾結關係，你寫的東西到底哪裡有別於中國現代文學。這會是我在跟其他國家其他語言的人交流的時候，不斷想到的事情。可是在駐村期間還是會形成一些小圈圈。比如前蘇聯或是蘇聯衛星國的人，他們常常會聚在一起，然後亞洲的人常常會聚在一起，印度裔的也會都聚在一起，很自然形成一些群體。當然還是有人可以打破這些界線，但我覺得某種程度上，語言跟文化的界線你還是可以很清楚分辨出來。

而且因為你們在一起的時間很短暫，就彷彿人類學般地自然形成這樣。

但是我覺得，不斷跟其他人交流的過程，會不斷讓你想到自己，意識到你自己的存在是跟別人如何不同。然後其實也會發現，在你心目中覺得好的東西其實也是可以打動人的。我在愛荷華放《牯嶺街少年殺人事件》，羅馬尼亞詩人就說，他從來沒有看過這個電影，也不認識這個導演，但是真他媽的，就是fucking masterpiece。

哈哈，打動他的點是什麼？

他覺得就是每一個畫面，或是講故事的情節鋪陳，他覺得四個小時太酷了，他還沒有看之前就說，你居然要放一部四個小時的電影實在太酷了我一定要去看。因為大部分人聽到四小時就覺得好長，不想看，但他就是相反。然後看完之後，立陶宛詩人，還有蒙古詩人，都會跟我討論這些內容。你就會覺得，其實你真心覺得好的東西，（莊：它是世界性的）對，還是有一個普遍性的東西是人家看得出來，有 sense 的人就知道說，那個東西是好東西，他們是能夠很快地區別的。所以對彼此的作品，如果真的有稍微讀一下，其實也是很容易就可以感覺到，這些人的 sense 如何。我覺得能夠到愛荷華那邊交流的作家，其實 sense 跟水準都是蠻好的。

我會覺得，因為當代的二十世紀以後的翻譯跟國際的版權市場，很成熟快速，所以其實很多東西都有形成知識或文化的共同體，就是雖然我們是不同語言，可是我們都讀過很像的東西。

像日本小說家滝口悠生，大家只要聽到他得過芥川賞，就覺得他很了不起，但他到後來被講到有點煩，就會說，喔，這個獎就是「It's famous but not so important.」（**它很有名但不是太重要**），其他人就開始開玩笑說，喔，那我們知道了，以後就要把作家分成四類，很有名很重要，不有名不重要，有名不重要，跟重要但不有名。我覺得滝口悠生是非常有幽默感的人，其他人也是很有幽默感的人，所以才可以這樣子開玩笑地聊。確實在翻譯方面，也是我去了愛荷華之後，強烈感受到的事情。比如我們這一屆大部分的作家，有個怪異的現象，我們對美國當代文學的評價沒有特別高；然後第二個是，我們對村上春樹的評價也都沒有特別高，哈哈，就是不管是烏克蘭人，還是蒙古人、亞美尼亞人、阿根廷人、委內瑞拉人，很奇怪，大家就是有奇怪的這種共同傾向。比如說，委內瑞拉詩人羅貝托（Roberto Echeto）有一次就跟我講說，什麼 Carver 啊（**瑞蒙・卡佛**）、Cheever 啊（**約翰・齊佛**），they are fucking same, all the same（**他們都一樣**），哈哈哈。

哈哈哈。

他沒有辦法理解為什麼只有二十四歲的印尼作家這麼熱愛卡佛。他覺得卡佛是不錯啦，但有必要這麼愛他嗎？當然，寫小說的人講到福克納，寫詩的人講到惠特曼，還是覺得那是很棒的東西，但他們覺得當代美國在生產的文學，就是沒有那麼打動他們，可是他們也是有看，其實都是蠻瞭行情的，這個就是跟你講的翻譯狀態是有關的。我們在愛荷華有被安排去上一個翻譯課程，基本上是想要配對。比如你是會英文跟中文的人，那這堂課你就可以跟我配對，可以翻譯我的一些作品當成你的課程習作，然後我們就可以討論，我也有譯本可以被生產出來。在那個課裡面有個指定閱讀讀物叫《因翻譯而生》（*Rebecca L. Walkowitz, Born Translated: The Contemporary Novel in an Age of World Literature*），這兩年在美國文學研究是一個很重要的書。它在講小說這個文類，在世界文學裡面怎樣透過翻譯去傳播，所以它有講一些翻譯的東西，有講小說是如何被傳播，以及作家如何被翻譯跟自我翻譯，我覺得是蠻有趣的書。它其實就是告訴我們一件事，現在我們對世界各國的文學狀態，特別是小說的翻譯跟引介上面，是很頻繁也很密切的。比如亞美尼亞作家跟蒙古作家，他們都可以直接閱讀英文，但亞美尼亞作家還可以讀俄文，他就可以讀俄文的當代作家，以及有些書的俄文譯本，所以他透過英文或是俄文，會讀到很好的西班牙文作者，而這個作者還沒被翻譯到中文或者是其他語言。大家各有不同的語言資源，可是都會有一些空缺或者是交會的部分。從愛荷華回來後，我會去想，其實我們這一代可能受翻譯文學的影響是更巨大的。比如我們學習或者掌握短篇小說怎麼寫，可能技法是來自瑞蒙・卡佛、艾莉絲・孟若、海明威，甚至來自村上春樹。可能我們受到這些國外作者的影響，遠超過臺灣的作者。就很像是，你今天要學習投籃，要看的是雷槍艾倫（Ray Allen）、是柯瑞（Stephen Curry）的影片，而不是鄭志龍、羅興樑。

還好你都講我現在還聽得懂的，哈哈。

但這個就會引到另外一個問題。六月初在臺灣文學館演講，我問大家一個問題：「今天你有NBA可以看，為什麼要看SBL？你有美國職棒大聯盟可以看，為什麼要看中華職棒？」某種程度，如果有人問為什麼要讀臺灣文學，那個意思是一樣的。因為他是自己人，你就要看嗎？如果他寫得不好，不有趣，為什麼要看？你是基於什麼心態要去讀？我覺得這是很困難的問題，特別是我們在臺灣文學生態圈裡面，是一個要生產作品的人。就很像在中職裡面打球，你想不想旅外呢？你很想旅外啊，想要去更大的市場，更高的舞臺，被更多人看見。但我後來想想，這個問題或許可以這麼去回答。可能這些翻譯作品真的寫得比較好，不管在技巧面、深刻度，或者是思想、啟發性、可讀性，也許都比較高，可是去看臺灣文學才能夠真的去理解我們自己。如果你一直在看這些翻譯文學，那麼身為一個臺灣人，你對臺灣文學會帶領你去認識自己的世界座標，可能就會被大量翻譯文學遮蔽掉了，你就看不見你自己在哪裡了。你當然可以只看好東西啊，你聽的音樂也可以都是外國很厲害的團，但是如果不看看自己本地生產出來的東西，就永遠沒有辦法理解它好在哪裡，以及它的困境在哪裡。所以我覺得第一步，還是得試著去瞭解它，才知道你可能可以做什麼，可以在這樣子的生態裡面做到什麼，或是可以挑戰什麼，把那個座標，我們自己的位置，更鮮明地揭露出來。

你講到這個問題，就是我下一個要問的。你二〇一五年主持駱以軍跟黃錦樹在中興大學的對談，你問了駱以軍一個問題，你說臺北一九四九年後曾經在華語文學是還蠻核心的地位，可是後來，北京上海又重回了霸主。二〇一六年《聯合報》副刊「書市觀察」，你寫了〈開卷後的閱讀改良芻議〉，你在文章最後有一個期待，為什麼需要開卷這個獎項是因為好書獎項有公信力、影響力，甚至應該增列翻譯獎項等等，它可以讓華語文學之島這個定位能夠真的出現，讓好作品被看見。因為你剛剛在講世界座標的問題，我就想回問你，當初你問駱以軍的問題，還有就是，如果臺灣還有條件的話，是什麼，困境又是什麼。

我覺得臺灣是最有這個條件的。從八、九〇年代之後，臺灣的出版漸漸鬆綁之後，其實是非常非常自由的，中國大陸、香港、馬來西亞華人，用華文寫作的都可以在臺灣出版，沒有任何審查機制，只有一個可能更嚴厲的商業機制在考驗你。因為臺灣沒有審查機制，相對寬鬆跟自由很多，所以我們當然是最有機會做這件事情。可是我們有另外一個問題，就是想要成為一個民族國家的完全體。在一個不完全體裡面的狀態，長期累積的民族國家的焦慮感，會排擠掉廣納其他出版品的視野，因為太想要標舉臺灣文學，我們就會把視野限縮在那個東西上面。一方面我可以理解這樣子的追求跟心情，二方面卻又覺得，正因為有這樣的驅力，所以會讓我們沒有辦法打開足夠寬廣的空間去容納其他地方的華文書寫。我認真覺得，可能也就只有在臺灣，才會有這個機會，一個讀者同時會讀黃碧雲、陳冠中、西西，會讀張貴興、黃錦樹，然後他也會讀莫言、余華和王安憶。身為一個臺灣讀者，可以輕易接觸到這些，這個市場也可以鍛鍊出這樣子的讀者群，可以接受各式各樣的、四面八方的華文書寫的聲音。可是我們現在因為民族國家建置的焦慮，壓縮掉了這些空間，會愈來愈趨向於一個要服膺民族國家想像的需求跟條件，往往被標舉出來的得獎作品，要很臺灣，要關心臺灣歷史。

蕭阿勤的《重構臺灣》研究的就是，臺灣的文學或臺灣的文化面，怎麼去重構出臺灣民族主義。可是我後來覺得是楊凱麟的《分裂分析德勒茲》幫助我想通了這件事情。他提到德勒茲的概念，其實最有創造力的是空白，是空無，因為我們要去把很多東西實現，所以你必須虛構，然後在這個虛構裡面，你會重新實現了某些東西，這不就是很像臺灣嗎，我們因為是一個還在追求的過程，事實上我們也面臨臺灣過去很多東西很難形成系譜的情況，你可能必須承認，我們的源頭是零，是空無，然後我們所有現代人重新認識歷史的經驗，全部都是靠現在的研究者或是創作者重新去把它創作出來，就很像你的《文藝春秋》。如果有一天有一百本《文藝春秋》的作品，搞不好它們都是臺灣文學的系譜。所以我反而覺得，如果這樣來看，其實我們的負債，對於未來的創作者，反而其實有很多的空白要去創作出來，搞不好是一個很好的虛構的舞臺。

跟愛荷華駐村的朋友聊天時有一個強烈感受，我們應該是最後一代完全用純文字創作的人。新一代的創作者，目前跟我們使用一樣工具的文字創作者，其實我沒有看到太多新鮮的東西，基本上還是在一個可以想像的範圍裡面。但是比我更年輕的創作者，就可能不純然是一個寫作者，他們也許會很多技能，會寫程式，會配樂，會做影像視覺，他們可以把這些東西結合起來做一種所謂整體藝術的東西，而這個東西可能會帶來更強烈更直接的體驗跟共感。我覺得文學還是會繼續存在，繼續有人寫，可是它的重要性，能夠帶來的突破或者是啟發，或者被重視的那個角色，其實已經沒有了。

我想到你在二〇一一年《臺灣七年級小說金典》後記的標題〈為什麼小說家成群而來〉，你在文章裡說，你覺得如果這本七年級小說編選還有意義的話，其實就是因為收錄了這些作品。記得文章有個中標是「為了一種新的小說」，就是你在期待，藉由這個編選有更多小說家、更多小說作品出現，去實現新小說的可能。可是如果按照你剛剛講的，其實這幾年你沒有看到文字有更多的可能性。

我們只要想一想在臺灣的文學生態發表空間就知道。今天一個寫作者要發表小說，是要在報紙、文學雜誌，還是在臉書或是在所謂新媒體，在某些文學網站上面？如果我們按照傳統管道，但報章紙本媒體都正在快速沒落，它已經沒有辦法接觸到大部分的閱聽人了，所以必須要轉向電子化。可是電子化又很容易被淹沒在資訊的海洋，很難被辨識出來，再加上人們使用網路、電子空間的這個習慣，很難像過去專注閱讀一個比較長的文本。所以當我們這樣子的創作者還在寫的時候，其實我們已經逐漸被這個時代放逐了。因為你寫得再用力，在副刊發表再多篇，都沒有人在乎，也沒有人討論，甚至也沒有人留言罵你，都不會有，因為它就已經完全不在大部分讀者的視野裡面了。我們當然還是可以依靠一群小而堅固的讀者群。但是我覺得任何生態都是這樣，當它數量下降到一定程度，其實就要面臨多樣性縮減的問題，會造成一種惡性循環，就比如說，沒有足夠的人在意你，也沒有足夠的人因為在意而去挑戰，揪錯，或者是去修理你，或是稱讚你，都沒有。所以，到最後這個東西就會陷入一片沉默，你有寫好像等於沒寫一樣。

那這樣為什麼要寫？

因為喜歡啊。這種就是歡喜甘願（臺語），就沒得講。你不寫作人生就很無聊，你也沒有別的事情會讓你做起來覺得更有意義或更起勁。

黃崇凱作品

二〇〇九——《靴子腿》
二〇一二——《比冥王星更遠的地方》、《壞掉的人》
二〇一四——《黃色小說》
二〇一七——《文藝春秋》

二〇一五年從O開始參與字母會計畫，
一路跟著字母會眾人往後寫，並在《字母會》成書出版前，
以極大的力度從前面開始補完，
於二〇一八年八月二十日完稿Z，
成為最晚進場而最早達陣的字母會成員。

中區
忠義路二段
一四七巷一弄
8

CONTEMPORARY LITERARY REVIEW

當代文學評論

書評：駱以軍最新長篇小說《明朝》

論今年諾貝爾文學獎得主漢德克爭議

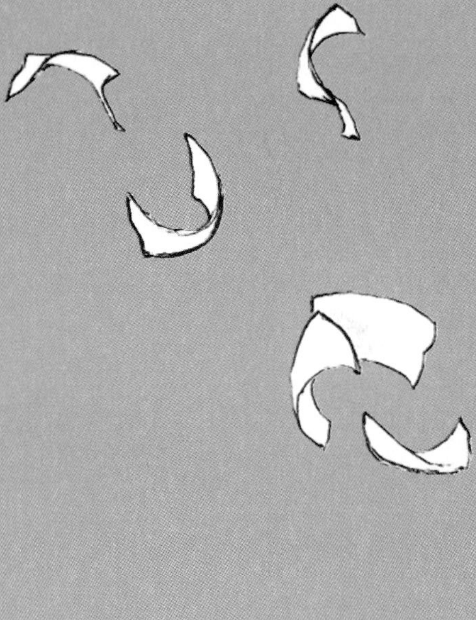

《明朝》：非關繁殖之愛的量子永生
駱以軍最新長篇《明朝》書評

韋炳達
倫敦大學學院（University College London）英國文學博士，臺北科技大學應用英文系助理教授。目前延續博士論文《日常微奇觀：尤利西斯與流行》的文化考古路線，挖掘資本主義社會中現代文學與流行文化和視覺科技之間的共謀關係。翻譯駱以軍《西夏旅館》獲得二〇一七年英國筆會第二屆 PEN Presents 翻譯獎。

你們之中，誰配得到永生？

——韋勒貝克，《一座島嶼的可能性》

法國文壇壞痞子毀譽參半的科幻情色混種小說中所劈頭拋下的詰問，在駱以軍最新小說中響起回聲：透過AI機器人投射的浮世繪擬象，變態殘暴荒淫無道的明朝數任皇帝、東林黨文官集團、掌控特務監視機器的東廠宦官、出身寒微的天才畫師仇英、謠傳中《金瓶梅》的作者本尊王世貞，與資訊海洋中彷彿數位噪音面目難辨的一眾市井小民，都將在數萬光年外另一顆行星上獲得虛擬的永生。無論是《一座島嶼的可能性》中無性繁殖的複製人，或是《明朝》的超遠距文明全息投影（「這整個計畫，怎麼那麼像一個放大兆級距離的，射精」），在末日過後邁向永生的科幻藍圖皆導向同一悖論：無性繁衍、超克死亡的渴望恰恰消解了情欲的可能——當人類被稀釋成既無性別亦無實體的抽象存在，性愛激爽在繁殖之鏈中失去實質必要，成為後人類學考古凝視下僅剩歷史意義的異色奇觀。

初讀《明朝》，挑剔的硬科幻讀者恐怕會質疑小說的荒謬設定：在地球遭受外星三體文明「二向箔」攻擊，逐漸墮入降維毀滅之際，人類反抗軍的方舟計畫，竟是傾各國之力發射無數隻全息投影AI機器人，讓這些「接受複雜學習指令的功能機」漂流五百萬年，隨機著陸在半人馬座的眾行星，並擷取**明朝**、**莎翁之雅各賓王朝**、**葛飾北齋浮世繪**等大數據壓縮檔，複刻出一座座

●《明朝》／駱以軍著，鏡文學出版，二〇一九年九月

栩栩如真的虛擬實境博物館？人類存在宇宙的最後時光中，所能留下的臨別禮物，難道僅是各色《西方極樂園》般耽溺於性愛與殺戮的**經驗擬造**樂園（還將是空蕩蕩，無人光顧的幽靈樂園）？更詭異的，敘事者「我」所設計的明朝極樂園中，搬演唐伯虎的「老唐」與再現仇英的「仇先生」，皆化身為混跡臺北咖啡館的淫猥怪老頭，戴上形象太過鮮明的臺灣作家鬼臉面具；察覺場景設定亂碼的「仇太太」更彷彿存在焦慮爆發的機器辣妹迪樂芮，在腦海中預覽「背後客廳裡的那些女孩們，一會兒就會喀啦喀啦拆卸自己的頭顱、胸腔、大腿、髖骨，像變形金剛組裝成機械器的型態，甚至會合體，讓自己膠膜皮膚中伸出的合金支架，和其他女孩的支架，交叉疊合成更複雜的結構」。駱以軍視硬派科幻教條為無物的惡作劇早有前例。《明朝》顯然延續了《女兒》和《匡超人》的創作系譜，在兩部前作中反覆示現的眾多母題皆再次變奏賦格，無論是由《儒林外史》往前回溯的明朝士林，挪用自量子力學的科幻狂想，或是怪宅工程師「我」與他百萬年孤寂星際漂流的ＡＩ皮諾丘。然而，我們終究必須追問：駱以軍為何選擇動員文字幻術，召喚一場關於明朝，量子力學和ＡＩ機器人的文學暴亂？

提問一：為何選擇明朝？

在個人臉書和媒體訪談中，駱以軍如是說：「因為這個朝代太變態了。」小說家筆下的**明朝＝變態**此一命題可由雙重視角切入辯證。切點一：明室諸皇的變態程度確實凌駕歷朝帝王嗎？這在本質上是個關於**歷史再現**可信度的詰問：後世透過清史官的歷史書寫窺探明朝皇室祕辛，而當今流通的武英殿元刊本《明史》編修幾經跌宕，從順治二年（一六四五）到乾隆四年（一七三九）歷時近一世紀才付梓，漫長過程中國家機器屢屢介入，明朝遺臣和滿清新勢力的意識形態彼此傾軋，順治年間爆發的莊廷鑨明史案在康熙二年正式結案，文字獄殃及千餘人，數十人慘遭誅殺。因此，清朝官方欽定的《明史》——一如歷代編纂**正史**的權力遊戲——是經過精密思想審查和權衡算計後的政治宣傳：在將愛新覺羅王朝鑲嵌進

中原道統之虛構系譜的同時，亦為自身血腥入侵的殖民暴力擦脂抹粉、建立一套義正辭嚴的辯護論述。切點二：或許清廷主導編纂的《明史》非但未誇大朱氏王朝數任皇帝的變態行徑，反而剔除了羶腥暴虐的細節（在歷代本紀簡潔隱晦的文言濾鏡下，明室諸皇的變態劇場彷彿打光不足的皮影戲）？而大明王朝比《明史》記載更變態的可能性，讓我們不得不追問：究竟是明朝皇室系統設定短路，因而製造出一堆故障皇帝？抑或中央集權讓天子們的變態行徑成為一種必然？若縱觀歷朝皇帝的變態史，答案似乎偏向後者——譬如說，宋前廢帝劉子業的變態程度絕不下明室諸皇：他曾將功臣劉義恭斷肢剖肚，挖眼蜜漬，謂之「鬼目粽」，更在後宮上演比《索多瑪一百二十天》更加淫亂殘暴的人獸雜交性虐劇場，后妃寵臣稍有不從，立即斬殺。由外部視角觀看，皇帝獨攬中土，浸淫文明精髓，豈不應進化成更高等的未來人？然而，若潛入帝王孤寂的黑暗之心——終生陷溺權力鬥爭，殺機四伏，群臣陽奉陰違的煉獄——便不難理解諸多帝王何以心靈退化，萌生反社會人格，甚至顯露精神分裂的癥候。

暫且不論明皇室的變態程度是否登峰造極（史書略過太多深宮密室劇場，難以客觀統計歷朝的**變態數據**），在萬曆後期如自由落體下墜——「小神應該是所有人以為可以拯救『明朝』這整顆星球，不使之毀滅的那個救世英主啊。沒想到他是讓整個系統進入『關機』狀態，一種在這之前所有人無從想像的靜止」——的自我毀滅以前，鄭和下西洋的壯舉透露明朝全盛時期曾有機會掌控海洋霸權，宮廷和民間工藝水準也媲美同時期文藝復興歐洲，貨幣市場對南美洲白銀礦的強大磁吸效應更埋下歷史大分流、重組世界秩序的遠因。換言之，儘管明朝諸皇沉迷煉丹、性愛成癮、拒絕上朝，精密的文官體系似乎讓國家機器得以自動化運轉——這眾多跡象皆暗示著明朝胚胎未實現的潛態：由中世紀的集權帝國邁向君主立憲、甚至民主共和的現代資本主義國家。不過，既然《明朝》的關鍵詞是「變態」，駱以軍所意欲勾勒的，或許並非十七世紀中國**本應降臨的**現代烏托邦，而是將古典文言濾鏡下低解析度的朦朧場景，一禎一禎修復成細節清晰至駭人的蒸氣龐克敵托邦：「那些大規模屠殺但又缺乏現代性技術的場面，何其恐怖！」明朝在歷史的岐路花園中錯過了一連串關鍵路口，以致中國在大分流後從歐亞大陸帝國的霸主淪為海洋貿易時代被剝削的奴僕。然而，萊布尼茲宣稱「上帝創造所有可能世界中最好的那一個」：若明朝當初選擇了那一連串岔路的另一頭，也許混合歐威爾式胡言亂語和傅科式全息監控的歐亞死亡政治帝國，將會比當今籠罩我們的更提前三百年降臨。

提問二：量子力學與《明朝》何干？

駱以軍將量子力學融合進小說的科幻嘗試始於《女兒》：「這些做為宇宙最小態的粒子們，在某一個瞬間，因某種命運或時間差所產生的撞擊，使得它自身的塌陷放射出能量，召喚遠方的另一個粒子，以展開一種命運式的幽靈纏結。每個瞬間都是一枚定錨，以做為另一個時間差的標記。」量子力學和小說敘事的相似之處在於：不同的觀測視角將決定不同版本的真實。**薛丁格的貓**（駱以軍：現代版「湯顯祖的杜麗娘」？）是量子力學最荒誕的思想實驗之一：將一隻貓，微量放射性物質，以及一瓶氰化氫毒氣同時放在一個密封盒中一小時。在這段期間內，放射性物質的衰變機率為五〇％；假如放射性物質衰變的話，放電的蓋革計數管將通過繼電器觸發鐵鎚，擊碎燒瓶釋放氰化氫毒死貓。弔詭的是，根據哥本哈根詮釋的波函數理論，密封盒中未被觀測的貓**既死且活**；然而觀測者一旦往盒中觀看，則貓**非死即活**。薛丁格的猜想凸顯出一個尖銳的問題：量子疊加態究竟何時結束，真實又是何時開始塌縮為明確態？

薛丁格的貓激盪起無數漣漪，譬如物理學家雙人組莫拉維克和馬查爾便在**量子自殺**思想實驗中進一步追問：那貓所觀測到的自己是死是活？於是，兩人修改了薛丁格的實驗，將密閉空間中的貓置換成觀測者本人，欲知他在內部所觀測到的自己究竟是「既死且活」還是「非死即活」？根據**多重世界詮釋**，每次實驗之後，觀測者將同時存在於兩個互無交集的獨立世界中，一個他死了，另一個他則活著。於是，更詭異的情境發生了：

在經歷無限多次的實驗後，觀測者總會在其中一個世界繼續存活——就那個世界中**倖存的他**看來，自己永遠不死，進入**量子永生**。

「多重世界」和「量子永生」這對孿生猜想是如此怪誕且脫離現實，因此物理學家多半視之為無法實證的懸置悖論。然而，對科幻小說家來說，這簡直是一份不可思議的禮物。《明朝》中與真實貼近到令人不安的私小說元素（無論是罹癌早逝的女作家，分不清是退休戲劇教授還是唐寅的老唐，或是流連YABOO鴉埠咖啡館的小說家，欸不，AI工程師，及其圈中密友們）或許可以詮釋為駱以軍挪用量子力學，獻給當代文壇同儕的一封情書：在《明朝》宇宙中，做為觀測者的小說家讓自己與筆下的猜想實驗受試者都進入量子永生；明朝東廠千剮不死的士人將與二十一世紀的作家們錯身於迷宮般的臺北巷弄，彷彿彼此纏繞的量子。

提問三：為何讓AI皮諾丘執行星際逃逸

駱以軍在受訪時回答：「曲率引擎是不可能的，但是可以把人類的意念，或者人類的文明做遠端投擲，那遠端投擲的成本會小非常多，但還是一個國家規格的成本，只要做一隻AI機器人，在它的大腦灌入非常龐大的數據，然後射出去，它可能可以在宇宙飛行一萬年。」駱以軍的AI逃逸計畫顯然意在回應劉慈欣《三體》中二向箔降維毀滅。然而，「AI投影機器人」與「曲率引擎」兩種逃逸方案之根本差異，非關執行成本或科技門檻，而是對**人性潛態**截然不同的詮釋。

劉慈欣的「黑暗森林法則」延續了殖民主義的弱肉強食和馬列毛主義的階級鬥爭，本質上並未跳脫狹隘的**人類中心主義**：一方面，三體文明先進科技表象之下的核心意志僅是**殺戮與繁殖**，彷彿預言著文明無意識底層的動物性永遠無法昇華；另一方面，人類文明對抗邪惡外星入侵者的陳腐戲碼，也只是再次透過醜化異己以鞏固**人類**這個內部派系暗潮洶湧的想像共同體。在此脈絡下，無論劉慈欣的曲率引擎引領人類超時空星際漫遊至何方，人性的內核依然與二十一世紀東亞的極權寡頭、十六世紀屠殺阿茲特克人的西班牙殖民者、中世紀東征的十字軍、甚至史前的原始戰爭部落無所差異。

相對於劉慈欣的二元對立套路，駱以軍在臉書上發出的感慨——「我們活在一個感覺被降成荷爾蒙的不幸時代，而那些做為大BOSS的惡，確實那麼整塊、平庸，侵犯著人類最柔弱良善的感性」——對抗著一種太過抽象武斷的惡之標籤。無數好萊塢敵托邦奇觀——諸如《魔鬼終結者》之天網監控或是《駭客任務》的桶中之腦——傾向將ＡＩ描述成一種威脅人類存在的邪惡潛勢。此處的**邪惡**當然是就人類本位觀點而言：《駭客任務》中的史密斯探員（那名聒噪但饒富哲學趣味的究極ＡＩ反派）即雄辯滔滔地論證人類是一種病毒般的存在，週期性地破壞**母體**的系統穩定性，故需要被定期刪除以利系統重開機。人類個體之所以顛覆體系——無論國家政體、金融市場，或是地球生態系——正因為隨機和不可預測的**自由意志**往往採取違背邏輯運算下最佳解的行動。如此說來，做為一道逃逸之線，《明朝》的ＡＩ遠端投影計畫似乎是如此怪異：全體人類的肉身注定與地球一同死滅，但吞下文明膠囊的ＡＩ方舟真的能繼承人類的靈性與自由意志嗎？此一詰問便是貫穿《明朝》的美麗與哀愁：寂寞工程師可以把他對傾圮世界的耽美愛戀傳達給將變成宇宙孤兒的ＡＩ皮諾丘嗎？這讓我們再次回到提問二的量子力學：愈來愈多理論開始宣稱自由意志只是一種幻象，因為人類之腦運作的隨機性仍然服膺量子力學的物理法則——換言之，人類自豪的**感性**依舊難逃科學理性的宰制——一旦累積了足夠的數據，微觀下的亂數終將構成宏觀的規律圖像。假如換個角度來看，這是否意味著：ＡＩ機器人的量子電腦在吞噬了爆量的仇英春宮畫和文明織錦之後，將會在星際漂流的某一個瞬間靈光乍現地領略了**美**，甚至耽溺於（即使它無有人類性器）《金瓶梅》無繁衍意義的淫靡之愛？

然而，駱以軍的敘事戰略往往是對線性目的論之狡詐抵抗：《明朝》布局並非古典**審判**→**死亡**→**重生**三幕劇，而在最初就已揭露**人類死滅**，**成為ＡＩ量子電腦記憶體中的虛擬殘像**。《明朝》的敘事並未朝向**ＡＩ皮諾丘能否成為真正的人類小男孩**？此一人類中心命題趨近，反而在開場不久旋即重播AlphaGo徹底摧毀棋王李世乭的屈辱劇場，迎面向讀者拋出殘酷反詰：ＡＩ有何理由要退化成如人類一般演算效率低落、無法判斷局勢、受限於肉體條件的劣等物種？面對此一令人啞口的難題，駱以軍的回覆就蘊藏在《明朝》中寂寞工程師及其ＡＩ機器人之間彷彿超遠距鬼魅糾纏的情感：「我猜想，『錢謙益』的內在，對人類文明的憎惡，悲懷，絕望，應該類似我的機器人對我的情感。」前者渴望將自己的生命經驗傳遞給無基因相似性的後者；後者有著遠高於人類的智能，卻被灌食了大量錯亂的參數：軟弱、瘋狂、華麗、殘暴、溫柔、自毀、愛。

在逐步邁向毀滅的倒數時刻，僅存的人類放棄將物種基因拋擲向未來，反而向宇宙投射無數的ＡＩ機器人，讓它們彷彿班雅明筆下的**新天使**一般，轉面望向過去綿延不絕的歷史巨災和文明廢墟。不同的是，這次將不再有強驅天使飛向未來的風暴：ＡＩ機器人們將永遠在數位夢境中看顧著反覆甦醒的亡者。吞噬了龐大的資訊和噪音，歷經悠長的漂流和運算模擬，眾多ＡＩ機器人中的一隻將降落一遙遠行星，在荒蕪的異世界地表上全息投影出明朝的海市蜃樓：帶有墨色質感的、因缺陷和醜怪而奇異的**永恆再現**。

要作偉大之詩者，可以鑄大錯嗎？

談二〇一九年諾貝爾文學獎得主漢德克

蔡慶樺
公務員，作家。

十月十日瑞典學院宣布，二〇一九年的諾貝爾文學獎得主是奧地利詩人及作家漢德克（Peter Handke），引起極大爭議。

引起爭議，並非因為漢德克的文學成就不足以獲獎，相反的，評論家多承認諾貝爾獎主辦單位的評語，漢德克多年來在各種文類上的創作與創新，使得他成為戰後歐洲最有影響力的作家之一。幾乎沒有任何德語世界的重要文學獎不曾頒給他，近年來日耳曼文學界也有不少人研究其作品。知名出版社蘇爾康（Suhrkamp）將他自一九六五年至二〇一六年間的作品編輯為《漢德克文庫》（Die Peter Handke Bibliothek）出版，創作時間跨越五十年，共十四冊，一萬餘頁，展現這位作者充沛的創作能力，從這些作品來檢視漢德克的文學生命，他做為文學獎得主毫無疑義。

有爭議的是漢德克的政治立場，他在南斯拉夫內戰問題中，站在獨裁者一方，反對西方國家。

漢德克出生於一九四二年的奧地利小鎮格里芬（Griffen），幼年時隨家人短暫居住過柏林，後仍返回家鄉小鎮就學成長，中學就讀教會住宿學校，那學校培育未來將成為神職人員的學生，然而，就是在那間學校裡，漢德克遇見了文學。在一篇訪談中，他說起十五、六歲時遇見兩個作家的作品，徹底改變了他：美國作家福克納（William Faulkner）及法國作家貝爾納諾斯（Georges Bernanos），當時在住宿學校裡，這兩人的作品都是禁書，然而那其中描述的「真正的生活」卻使漢德克知道，某些東西在他迄今的生活之外等待發掘。

畢業後他去了格拉茲（Graz）讀法學，並迷上電影，日後他的文學工作中，劇本、影評便占了重要的部分。六〇年代開始，漢德克開始發表短文及小說，一九六六年，他的首部長篇小說《黃蜂》（*Die Hornissen*）出版後，便休學專心寫作，正式開始了職業作家之路。

這本《黃蜂》，是當時仍熱愛搖滾樂、留著披頭四髮型的大學生漢德克先手寫草稿，再至格拉茲的文藝創作者共用空間城市公園論壇（Forum Stadtpark）借用打字機打出來的，實驗性極強的情節，一開始投稿遭退稿，後來另找到德國的蘇爾康出版社出版後，銷量不佳，但漢德克仍因而加入了德國知名文學社團四七社，並搬至德國與法國，打開了戰後歐洲文壇的大門，也親身經歷了六八年學運時候的不安。七〇年代初，其母親因為長年憂鬱症而自殺，傷痛之下，漢德克寫出一本《無慾的悲歌》（*Wunschloses Unglück*），在該書開章，他引用巴布・狄倫的歌詞：「不忙於生者，即忙於死」（he not busy being born is busy dying），書寫其母親來自一個貧窮東歐家庭一生的「忙於生」，這在其母親逝世兩個月後開始寫作的小說，其實並非一本克服悲慟之作，而是漢德克以半自傳與半虛構的寫作手法，冷靜觀察這位被時代決定其命運的女人，她生活在壓制欲望的社會裡，徒勞無功地試圖克服自身悲劇，逐漸地亦失去了欲望的能力。他寫道：「在這樣的困境中出生的女人，從一開始就注定了死亡。」這本小說展現了漢德克一流的語言掌握能力，獲得文學界一致好評，後來也被改編為電影及舞臺劇。

在德國與法國居住、寫作多年後，漢德克於一九七九年出版《緩慢的歸鄉》（*Langsame Heimkehr*），講述一位流浪全球工作的地質學者，最後終究為了尋求拯救，回到歐洲原鄉的故事。這本寫作於奧地利的小說也道出他自身的歸鄉，整個八〇年代，他幾乎都居住在奧地利，潛心創作。

一九八七年，溫德斯（Wim Wenders）的《在柏林之上的天空》（*Der Himmel über Berlin*，英文片名《欲望之翼》）上映，漢德克參與腳本寫作，隨著電影成為經典，他跨出了德語圈，成為全球知名的作家。尤其是電影一開始由天使緩緩唸出的〈當孩子還是孩子時〉，更是打動無數人心：

當孩子還是孩子時
搖晃著雙臂行走
小溪即是河流
河流即是大江
水窪即是海洋

Als das Kind Kind war,
ging es mit hängenden Armen,
wollte der Bach sei ein Fluß,
der Fluß sei ein Strom,
und diese Pfütze das Meer.

九〇年代南斯拉夫戰爭發生後，那引起爭議的政治表態重擊了詩人。漢德克支持鼓吹塞爾維亞民族主義的米洛塞維奇，被歐洲文壇、政壇、新聞界圍剿，甚至，教會將他驅逐。在強大的壓力下，漢德克並未改變立場，堅持認為這位西方媒體所稱的「巴爾幹屠夫」並未犯下「滅絕種族」罪。後來，他更出席米洛塞維奇的喪禮，致悼詞時他說：「我看見，我聽見，我感受，我記得。所以我今天到場，站在南斯拉夫旁邊，站在塞爾維亞旁邊，站在米洛塞維奇旁邊。」

南斯拉夫戰爭成因複雜，不只有民族主義、種族主義因素，甚至牽涉世界政治局勢變化、美國與北約在東歐的布局及與俄國的角力。對於那些造成死傷無數的戰爭，支持者與反對者之間難有定論。一九九九年四月，北約進攻了南斯拉夫的首都貝爾格勒，德國哲學家哈伯瑪斯發表一篇引發學界及政界激辯的文章〈獸性與人性〉(Bestialität und Humanität)，支持西方勢力出兵，主張倘為解救正在受迫害的少數族群，則入侵主權國家並非違反國際法，反而是正義之戰，符合超越國際法的普遍價值。而漢德克當然反對這種立場，他認為西方國家是偽善的。不過，我認為即使漢德克再怎麼支持民族主義（甚至法西斯主義），即使美國為首的西方陣營確實有帝國主義傾向，甚至即使如他所說，北約的轟炸造成無辜者的傷亡，也不能無視於米洛塞維奇在巴爾幹半島引發的無數死傷及所犯的戰爭罪行。

因為漢德克這樣的立場，在諾貝爾獎公布後，

《衛報》即報導作家魯西迪（Salman Rushdie）、昆祖魯（Hari Kunzru）、哲學家齊澤克（Slavoj Žižek）均認為此結果極有爭議，甚至是醜聞，因為漢德克的作品雖好，但帶著「令人震驚的倫理的盲目」。

二〇〇七年，在接受另一位奧地利諾貝爾文學獎得主艾芙烈・葉利尼克（Elfriede Jelinek）的訪談中，兩人談起這個政治爭議。葉利尼克說，漢德克因為南斯拉夫問題成為「受憎恨的對象」（Haßobjekt），即使是塞爾維亞人，大部分也不認同米洛塞維奇之作為，何以漢德克如此堅持？漢德克也承認，很長一段時間，出版界避免與他往來，他受到威脅，甚至在法蘭克福劇院上映其劇作時，抗議民眾在入口抬棺。但即使如此，漢德克依然不為所動。塞爾維亞的作家碧莉亞娜・施碧雅諾維奇（Biljana Srbljanović）批評他，對於巴爾幹半島上反對派如何遭到屠殺一無所知。他反駁認為每個國家都存在著暴行，不該只找米洛塞維奇負責；而施碧雅諾維奇可恥地為西方入侵軍事行動粉飾太平，他稱之為「西方之娼婦」（Westhure）。

漢德克的態度，與德國諾貝爾文學獎得主葛拉斯（Günter Grass）窮其一生反省法西斯問題相反。葛拉斯是一位積極介入政治的文學者，其作品也幾乎都可以讀出政治思想，為什麼他如此「政治」？因為他知道必須以文學抵禦極權主義；而漢德克基本上並非政治人，其作品也是在文學場域實驗各種可能，並不直接探及社會，可是正是這樣的人，在政治倫理上是盲目的。

我不能不想起那也在法西斯主義前失足過、且一生未曾表示歉意的思想者海德格。「那能思想偉大事物者，必是鑄大錯者」（Wer groß denkt, muß groß irren），海德格於戰爭結束不久寫下的這句話，也許是唯一一次道歉（Entschuldigung），或者說，「除去罪責」（Ent-Schuldigung）的嘗試。這句話除了用在他自己身上，似乎也能用以形容那剛剛拿下文學桂冠的奧地利人。舉海德格為對照，並非偶然，漢德克自己正是海德格的癡迷讀者。《時代週報》（*Die Zeit*）的文化版總編格萊納（Ulrich Greiner）就曾撰文分析漢德克的寫作，並以海德格的語氣問道：要作偉大之詩者，可以鑄大錯嗎？（Darf groß irren, wer groß dichtet?）

我認為不行。這是人類經歷過大屠殺之後必須學習的教訓，經歷迫使文明中斷的法西斯時代後，思想或者書寫，都必須克服人類這曾經未跨越的困境，無論是文學者或哲學者，不再有犯下此等大錯的特權。阿多諾回應極權主義所寫下的「在奧許維茲之後，寫詩是野蠻的」，正是此意。要作偉大之詩者，不能站在獨裁者身側，不能不直面人類之罪責。

Nach Auschwitz ein Gedicht zu schreiben, ist barbarisch.

春山文藝

歷史在呼嘯：哀愁及創造性的根源

春山文藝
創刊號

Literati
春山文藝
003

歷史在呼嘯

哀愁及創造性的根源

總編輯：莊瑞琳
編輯：吳芳碩
行銷企畫：甘彩蓉
視覺統籌：白日設計
攝影：汪正翔
繪圖：楊鈺琦

出版：春山出版有限公司
臺北市文山區羅斯福路六段 297 號 10 樓
Tel | 02-2931-8171
Fax | 02-8663-8233
Email | springhillpublishing@gmail.com
Facebook | https://www.facebook.com/springhillpublishing

總經銷：時報文化出版企業股份有限公司
桃園市龜山區萬壽路 2 段 351 號
Tel | 02-2306-6842

製版：瑞豐電腦製版印刷股份有限公司
初版：2019 年 11 月
定價：380 元

填寫本書線上回函

國家圖書館出版品預行編目（CIP）資料

春山文藝創刊號：歷史在呼嘯
春山出版編輯部策劃
初版　臺北市　春山出版
2019.11　面　公分（春山文藝；3）
ISBN　978-986-98042-4-0（平裝）
1. 現代文學　2. 文學評論
812　108016503